AF432024

L'œil de Balamok

Collection RDN'Books n°3
ISSN de la collection : En cours
Dépôt Légal :
ISBN : 979-10-91506-87-8
EAN : 9791091506878
Collection dirigée par Richard D. Nolane
© 2018 Éditions de L'œil du Sphinx pour cette édition.
Titre original : The Eye of Balamok
Paru dans ALL-STORY WEEKLY des 17, 24 et 31 janvier 1920, USA, puis dans une version légèrement modifiée dans FANTASTIC NOVELS de mai 1949, USA. Première parution en français, Éditions Antarès, 1991, texte traduit par Jean-Pierre Moumon à partir du texte de 1949.Cette édition est réalisée à partir du texte original de 1920.
© Jean-Pierre Moumon et Richard D. Nolane pour cette version de la traduction.
© Morgan A. Wallace pour l'introduction et Jean-Daniel Brèque pour sa traduction.
© Remi-Maure pour la postface.
Mise en page: Sabrina Pamies

Victor Rousseau

L'ŒIL DE BALAMOK

Roman

Traduit de l'américain par Jean-Pierre Moumon
(traduction révisée par Richard D. Nolane)

Vintage Fiction

ÉDITIONS DE L'ŒIL DU SPHINX / RDN BOOKS

« Victor Rousseau a réussi là un récit assez original, aux pouvoirs poétiques réels et qui reste parfaitement lisible aujourd'hui ».

Jacques Sadoul, *Histoire de la Science-fiction Moderne.*

Dans la même collection

\# 1 UN RAT DANS LE CRÂNE, nouvelles de SF inédites en français par Rog Phillips

En guise de préface
Richard D. Nolane

Avertissement : le lecteur doit absolument éviter de lire la postface de Rémi-Maure avant d'avoir terminé le roman de Victor Rousseau, celle-ci dévoilant une bonne partie de l'intrigue...

La première édition française de ce roman aux éditions Antarès remonte à 1991 et reprenait le texte la réédition de 1949 aux États-Unis dont le découpage des chapitres était différent de l'originale de 1920, sans compter quelques petites coupes ici et là. Ayant fini par récupérer le roman dans sa version magazine de 1920, c'est une traduction « remastérisée » par mes soins qui est proposée ici, même si, bien sûr, elle reste avant tout celle de Jean-Pierre Moumon qui a eu l'excellente idée d'avoir présenté le premier au lecteur francophone ce court roman d'aventures fantastiques.

Pour en revenir à Victor Rousseau, celui-ci fait partie depuis longtemps des auteurs injustement oubliés que je suis de près et qui auront la part belle dans cette collection, comme ils l'ont aussi dans la revue/livre de fantastique et d'horreur classiques *Wendigo* que je dirige aux éditions de L'Œil du Sphinx.

Dans les pages suivantes, Morgan A. Wallace, le meilleur spécialiste de Victor Rousseau (et représentant ses héritiers), présente en détail celui-ci. Je me contenterai donc d'ajouter à son évocation que si, effectivement, la carrière de Victor Rousseau commence à décliner à partir du début des années 1930, il lui arrivera de publier assez régulièrement des nouvelles intéressantes jusqu'à la toute fin des années 1940, y compris dans les pulps « osés » pour l'époque (mais avec tant de superbes pin-ups en couverture... !) du label *Spicy* puis de leur successeur, le label *Speed*, dont il sera un des auteurs vedettes sous trois pseudonymes différents : Lew Merrill, Clive Trent et Hugh Speer...

Bon voyage dans la mystérieuse Australie des années 1920

Mais qui est Victor Rousseau ?
Morgan A. Wallace

Morgan A. Wallace est un spécialiste américain de la littérature populaire publiée dans les pulps et les anciens journaux et les fascicules. C'est aussi le meilleur connaisseur au monde de l'œuvre foisonnante du souvent énigmatique Victor Rousseau, dont il a réussi à retrouver les descendants et à obtenir ainsi des informations inédites sur lui. Sous le label de Spectre Library (http://www. spectrelibrary.com), Morgan A. Wallace a publié deux recueils de fantastique de Victor Rousseau, The Tracer of Egos *(2007) et* The Surgeon of Souls *(2006) ainsi qu'un thriller mâtiné de SF et quelque peu échevelé,* The Devil Chair *(2008), des textes injustement oubliés et parus dans les années 1910. En 2011, il a écrit et publié, toujours chez Spectre Library, un gros livre bio-bibliographique sur Victor Rousseau (accompagné d'une sélection de nouvelles),* His Second Self--The Bio-biliography of Victor Rousseau Emanuel, *un livre incontournable sur notre auteur -* **RDN**

Non, ce n'est pas le célèbre sculpteur belge !

Victor Rousseau est l'un des nombreux pseudonymes d'Avigdor Rousseau Emanuel, né le 2 janvier 1879 en Angleterre. Sa petite enfance est placée sous le signe de l'observance juive orthodoxe de son père et de la bonne éducation française de sa mère. Après avoir fréquenté les meilleures écoles — Warlingham et Oxford —, il met un terme à son éducation pour s'engager dans les Colonial

Scouts et participer à la Seconde Guerre des Boers. Une fois démobilisé, il devient journaliste pour le compte d'un éditeur basé en Afrique, puis regagne l'Angleterre en 1901. Toujours en 1901, il publie *Derwent's Horse*, un roman humoristique inspiré par ses expériences sur le front. Grâce à l'avance de son éditeur, il part aux États-Unis poursuivre sa carrière de journaliste.

En 1907, après plusieurs années de journalisme, il s'essaie de nouveau à la fiction ; mais, l'année suivante, il est nommé à la rédaction du célèbre *Harper's Weekly*. Emanuel sacrifie alors à sa passion du bizarre et du fantastique. « Jackson's Wife » (« La femme de Jackson », in *Wendigo* #1, 2010), paru dans *The Smart Set* en mai 1909, le montre déjà au sommet de son talent. Ce magazine de petit format, créé en mars 1900, avait la réputation de présenter des textes osés, impubliables dans d'autres supports. Ce récit — où la lutte du bien contre le mal fait intervenir un clergyman fort critiquable — remplit le contrat de façon astucieuse.

La même année, Emanuel publie sous le pseudonyme de H. M. Egbert *The Surgeon of Souls*, une série de douze histoires de fantôme. Quoique superbement écrite, elle ne séduit guère les syndicats de distribution de la presse quotidienne ; plutôt que de démarcher ceux-ci, l'agent littéraire d'Emanuel aurait été mieux inspiré de vendre cette série à un magazine.

En 1912, notre auteur, à nouveau séduit par le démon du bizarre, rédige un feuilleton intitulé *The Devil Chair*. On y découvre une étrange machine baptisée gyroscope, qui permet à tout moyen de transport d'atteindre la vitesse fantastique de 300 km/h ! Son créateur, John Haynes, victime d'un escroc et jeté en prison, s'évade pour tourmenter sans merci sa Némésis au fil des douze épisodes.

Le 25 mai 1912, Emanuel épouse Elva Baker, sujette comme lui de l'Empire britannique et née au Canada. Désireux de voir leurs enfants voir le jour sur le sol anglais, ils quittent Brooklyn en 1913 pour s'installer à Québec. C'est là que naissent leurs deux filles et que la carrière d'Emanuel prend un nouveau tournant.

Tirant parti de son environnement canadien francophone, Emanuel rédige un feuilleton pittoresque et élégamment écrit, *Tales of the St. Lawrence Riverway*, dont le héros est un curé. Ses épisodes paraissent mensuellement dans *Blue Book*, de septembre 1914 à mai 1915. Un roman à thème canadien, *Jacqueline of Golden River*, est publié en feuilleton dans *All-Story Cavalier Weekly* du 13 février au 6 mars 1915. Sur sa lancée, Emanuel publie un excellent récit de guerre, « Midsummer Madness », où l'on suit les mésaventures d'un artiste américain en France au début du conflit mondial (*Munsey*, juillet 1916). Suit un feuilleton à tonalité canadienne lui aussi fort populaire, *Wooden Spoil* (*The Argosy*, du 13 octobre au 17 novembre 1917).

Déçu par le médiocre résultat de sa première tentative fantastique, Emanuel décide en 1913 de s'attaquer à un thème alors très populaire, la réincarnation. Le résultat, *The Tracer of Egos*, remporte un vif succès. Après une première publication dans Holland's (de juin 1913 à février 1914), ce roman-feuilleton fait l'objet d'une distribution dans la presse quotidienne à l'échelon national.

Cela vaut à Emanuel d'attirer l'attention d'Universal Studios, qui l'engage pour rédiger des versions romancées des romans-photos alors publiés dans les quotidiens. Emanuel écrit un premier roman, *The Truant*

Soul, totalement impubliable par les pulps de l'époque. Mais Essanay Films en tire un long métrage, qui sort le 25 décembre 1916, et son roman est alors publié dans la presse nationale, parfois sous le titre *His Second Self*.

La carrière d'Emanuel prend son envol et il écrit son chef-d'œuvre, *The Messiah of the Cylinder* (*Everybody's Magazine*, juin-septembre 1917). Parmi ses autres œuvres, citons *The Sea Demons*, une histoire d'horreur (*All-Story Weekly*, du 1er au 22 janvier 1916), *The Fruit of the Lamp*, où l'on fait la connaissance d'un djinn du beau sexe (*The Argosy*, du 2 au 23 février 1918), *Draft of Eternity*, où deux médecins boivent un élixir qui les transporte en esprit dans un lointain futur retourné à la barbarie (*All-Story Weekly*, du 1er au 22 juin 1918), *Eric of the Strong Heart*, une fantasy viking fort brutale (*Railroad Man's Magazine*, du 16 novembre au 14 décembre 1918), *The Eye of Balamok*, un court roman où intervient un dragon (*All-Story Weekly*, du 17 au 31 janvier 1920) et *My Lady of the Nile*, où l'on découvre en Afrique une tribu perdue d'adorateurs de Baal (*Argosy All-Story Weekly*, du 7 au 28 mai 1921). À l'exception de *The Eye of Balamok*, tous ces feuilletons ont par la suite été publiés en volume, aux États-Unis ou en Angleterre.

Épuisé par cette avalanche de textes fantastiques, Emanuel se consacre par la suite presque exclusivement aux exploits de la Police montée canadienne, au western et au roman sentimental. Entre 1926 et 1929, nombre de ses westerns parus dans *Ace High*, *Ranch Romances* et *Lariat* sont adaptés en roman-photo. De 1925 à 1942, c'est dans *Ranch Romances* que paraissent la majorité de ses westerns.

Après que *Weird Tales* ait réédité *The Surgeon of Souls* (de septembre 1926 à juillet 1927), Emanuel revient au bizarre et au fantastique, et, entre 1926 et 1931, on le voit souvent au sommaire de *Ghost Stories*. Au début des années 30, il fait quelques apparitions dans des pulps tels que *Strange Tales of Mystery and Terror*, *Weird Tales*, *Astounding* et *The Argosy*. Mais les éditeurs préfèrent chercher du sang neuf et Emanuel, privé de débouchés, se retrouve relégué dans les « Spicy pulps », où il sévit de 1935 à 1948 avant de disparaître des sommaires.

Victor Rousseau Emanuel est décédé en 1960, réduit à la misère mais toujours digne ; jamais ses doigts n'ont cessé de taper sur un clavier. Durant ses douze dernières années d'existence, il a rédigé de façon anonyme des milliers de soi-disant confessions pour la presse féminine. Il est malheureusement impossible de les identifier. S'il reste dans les mémoires, c'est grâce à ses œuvres de jeunesse, où sa créativité lui permettait d'imaginer des récits de merveilles et de terreur authentiquement mémorables.

Traduction : Jean-Daniel Brèque.

Chapitre I
Sable et sel

Cela faisait une éternité que le jeune Anglais n'avait plus la moindre idée claire de ce qui l'entourait. Quand il forçait son cerveau engourdi à fonctionner, il savait, bien sûr, qu'il se trouvait quelque part au cœur du désert le plus mugissant, le plus impitoyable du monde : l'Australie Centrale. Mais cette notion semblait aussi irréelle que le corps titubant qu'il obligeait à avancer par pur effort de volonté.

Il était dans l'extrême nord-est du Grand Désert Victoria, à la frontière — qu'on ne pouvait figurer que par un parallèle de longitude — entre l'Australie de l'Ouest et celle du Sud. À quatre cent cinquante kilomètres à l'est passait le télégraphe transcontinental. Au nord, à l'ouest et au sud, sur deux fois cette distance, il n'y avait rien d'autre que du sable.

Il avait pris la direction de l'est, avec sur le dos son « billy », sa provision en baisse de thé, de farine, d'allumettes et de levure chimique. Il y avait abondance d'eau dans cette région. Mais, partout, elle était salée. Cela allait d'une salinité marine, avec une substance amère et purgative qui rendait fou, à celle de l'eau saumâtre des rivages.

Lorsqu'il atteignait une mare, c'était à pile ou face : il allait soit devenir fou soit noyer sa fièvre avec une théière dont le relent ne devait rien aux sels d'Epsom. Cela faisait des jours d'affilée qu'il était fou. Il l'était encore présentement. Mais dans tout son délire quelque chose de froid et de pondéré occupait son esprit et le poussait vers l'est en lui soufflant :

– C'était une idée insensée. Mais on t'a averti dès le début que nul n'a jamais traversé le Grand Désert Victoria. Tes indigènes n'ont pas voulu te suivre. Le chameau est mort. Mort de soif. Et te souviens-tu comment tu as porté pendant trois jours cette pépite d'or de quatre kilos pour prouver que ces histoires du Roi des Filons étaient vraies, pour ensuite la jeter ? Tu n'étais pas fou alors, comme maintenant. Si tu l'avais été, tu l'aurais fourrée dans le sac à farine.

« Continue donc à avancer ! Tu as fait quatre cent cinquante kilomètres depuis que le chameau s'est écroulé. Tu es à mi-chemin du transcontinental. Tu trouveras sûr une station là-bas. Allons, tu n'as plus que ton cran pour y arriver. Si tu ne le peux pas, tu n'as qu'à t'écrouler comme le chameau. Peut-être que tu tomberas sur de l'eau fraîche. Si tu le peux, les quatre cent cinquante kilomètres restants ne seront rien. Nul ne sait ce qu'il y a dans le Grand Désert Victoria. Tu te souviens de ces histoires à Coolgardie ?

Il serra les dents et avança en titubant, dans la chaleur torride qui lui avait fait la peau aussi brune que celle d'un Canaque.

Il était maigre, décharné, avec des yeux fixes et une poitrine blanche là où les os saillants pressaient sa chair affaissée. Tantôt il riait et tantôt il menaçait du regard ; il criait lorsqu'il croyait voir les concurrents d'une course de l'école toucher ensemble le fil ; deux ou trois fois il se retrouva assis par terre à tirer sur un aviron imaginaire comme dans ses compétitions universitaires.

Vers le soir, le délire diminuait. En même temps une

langueur s'emparait de ses membres et son estomac se soulevait devant la perspective d'une douche d'eau salée. Le campement s'étendait là devant lui : un grand lac étale, bleu et engageant, posé au milieu des inévitables cristaux de sel qui le ceinturaient. Tout autour se trouvaient de gros rochers solitaires, brillants de sel, s'élevant tels des monolithes du sable compact mêlé de sel qui, de jaune, passait graduellement au blanc à mesure que la densité en sel augmentait.

– Je vais me laisser tomber ici, dit-il en tendant le bras vers l'eau.

Il avait dit cela chaque soir. Mais ce soir il était vraiment décidé. Il avait été décidé chaque soir mais il savait que ce soir-là était le dernier de son voyage, à moins que—miracle des miracles ! — à moins que ceci fût de l'eau douce.

À moins de pouvoir éliminer le sel qui imprégnait sa chair et ses os, il mourrait comme le chameau. Et la mort de celui-ci n'avait pas été difficile. De fait, il ne s'était pas douté qu'il allait mourir. Il avait cru que les bosses des chameaux se réduisaient lorsque les bêtes manquaient d'eau. Le chameau avait refusé l'eau salée pendant cinq jours, mais sa bosse était restée inchangée.

Au sixième matin, il avait refusé de se laisser seller et, au lieu de s'accroupir à l'abri d'un rocher, il s'était accroupi au soleil. Il était mort agenouillé au bout d'une heure. Une mort pas si dure que ça... !

L'Anglais laissa tomber son baluchon au pied d'un rocher, prit son « billy » et s'avança sur les cristaux de sel. Ce lac avait l'air plus salé qu'aucun de ceux qu'il avait trouvés sur son chemin. Il faisait partie du vaste chapelet de lacs salés s'étendant à travers le cœur désolé de l'Australie méconnue.

Pas plus de cinq ans auparavant, un explorateur avait découvert que sous la majeure partie du centre du continent — du moins sous la partie explorée — coulait de l'eau en permanence. Jadis, en des temps révolus, elle coulait dans les lits des cours d'eau en surface. L'Australie avait dû alors être un paradis terrestre. Puis quelque chose s'était produit : un effondrement, tel que l'engloutissement de l'Atlantide ; quelque chose dont même les Aborigènes ne gardent aucune tradition.

Le jeune homme n'était pas au courant de cette découverte. Il ne fut donc pas tourmenté par elle lorsqu'il se fraya un chemin en pataugeant dans les cristaux de sel du marécage et plongea son « billy » dans les profondeurs transparentes. La soif qui le torturait continuellement était comme un ennemi personnel. Il l'avait personnifiée dans sa folie et il la combattait à chaque lac et étang. S'il avait fait plus qu'humidifier ses lèvres craquelées au cours de son voyage, il ne serait jamais arrivé à mi-chemin du télégraphe transcontinental. C'était seulement au crépuscule qu'il faisait son thé salé et se préparait à sa bataille nocturne contre le sel tortionnaire.

Il remplit son « billy », l'éleva à ses lèvres et but. L'eau était aussi fraîche que si elle sortait d'une source bouillonnante.

Il vida son « billy », le remplit à nouveau et le laissa retomber de ses mains avant que ses lèvres le touchent. Il se jeta sur la croûte de sel. D'abord il pensa que c'était sa folie. Mais la folie qui lui avait donné ces visions délirantes n'avait jamais adouci ses lèvres d'un tel nectar !

Précautionneusement, il goûta l'eau à nouveau. C'était la fraîche eau d'un lac... Un écœurement soudain s'empara de lui. Il savait tout à coup combien il avait été proche de la mort. Là, c'était la vie ! Cela signifiait un retour au monde des hommes ! Il se reposerait ici deux semaines, jusqu'à ce qu'il eût repris des forces, qu'il eût purgé ses veines des incrustations de sel. Alors il continuerait vers l'est. Ce qu'il avait fait, il pourrait le refaire. Et il y avait de l'eau aux environs de la station qu'il visait. Il ferait durer sa farine. Il pourrait le refaire. Il pourrait faire face une nouvelle fois. Mais...

Sa réaction de joie fut suivie de celle de désespoir. Pourrait-il vraiment répéter cette affreuse marche vers l'est ? Il tituba avec peine vers le point où il avait laissé son paquetage.

C'est alors que, littéralement « levant les yeux », comme on le fait dans un désert, il vit, tout à fait à sa portée, une petite cabane en pierre. Les pierres étaient de gros blocs, visiblement arrachés à grand renfort de peine et d'énergie à leurs berceaux de sable. Tout autour il y avait des blocs plus gros, de grands monolithes solitaires qui avaient l'air des ruines de quelque cité préhistorique, maintenant ensablées jusqu'à leurs frontons.

C'était une petite merveille d'exécution car les pierres avaient été équarries pour s'ajuster ensemble jusqu'à former la cabane. L'Anglais y pénétra, incrédule, pensant plus ou moins qu'il s'agissait d'un rêve, jusqu'à ce que l'ombre des murs s'abattît autour de lui. Le sable s'était entassé jusqu'à une épaisseur de près d'un mètre. Il était presque au même niveau qu'une espèce de lit de pierre, œuvre du même cerveau ingénieux.

Pendu à une patère de pierre taillée à même un bloc, se trouvait quelque chose qui fit hurler de joie le voyageur. C'était une outre faite avec la peau d'un gros animal. Examinant un morceau de toison qui y adhérait, le voyageur conclut que c'était celle d'un chamelon. Son propriétaire était peut-être venu lui aussi venu en chameau et celui-ci avait donné naissance à un petit, bien que la peau fût presque identique à celle d'un guanaco ou d'un lama. Sauf que, bien sûr, il n'y avait pas de lamas dans le désert australien...

Avec cette outre, le jeune homme sut que la moitié restante de son voyage pouvait s'accomplir en sécurité. Mais restait à savoir qui avait vécu ici et quel avait été son destin.

Il écarta ces réflexions en les trouvant futiles, traîna son paquetage à l'intérieur puis, sans s'en apercevoir, tomba endormi.

Le soleil, pénétrant à flots par l'entrée de la cabane, l'éveilla au matin suivant. À sa grande surprise il découvrit dans un coin le plateau d'une table de pierre, grossièrement taillée. Se levant, il commença par repousser le sable autour des pieds de la table. C'est à ce moment-là qu'il trouva le manuscrit. Il était en parchemin, probablement tiré de la même bête que l'outre, enroulé serré et couvert d'une écriture tracée avec un pigment brun sombre.

Il était en anglais. Le voyageur se mit à le lire et, ne s'arrêtant que pour déjeuner, il passa toute la journée à sa lecture, jusqu'au crépuscule.

Chapitre II
Sewell

Je coucherai ceci par écrit dans ma propre langue, l'anglais, bien que je n'aie nul espoir de jamais rencontrer quelqu'un venant de mon Amérique natale pas plus que d'Angleterre. J'ai devant moi une période d'attente indéterminée : peut-être des jours, des semaines, des années même. Ce n'est pas le temps qui me manque, quoi qu'il arrive, et écrire en anglais et non en fendek me donne un curieux sentiment de la réalité, après ma vie passée à Ellaborta.

Si je n'avais pas été entraîné en Australie après la guerre, si j'avais servi en France au lieu de finir là où j'ai commencé, au camp d'entraînement, si... Ah, si seulement en moi l'esprit d'aventure avait perdu son piment ! Mais à quoi bon revenir là-dessus ? Tout ceci était écrit. D'ailleurs, il était inévitable que Hita et moi nous rencontrions. Même Victor Sewell était dès ma naissance sur la ligne de mon destin, j'en suis convaincu.

J'avais traîné de long en large dans Kalgoorlie pendant des mois, sans gagner plus que ma nourriture et mon logement là où d'autres découvraient de l'or en quantités rentables et s'enrichissaient. N'importe qui, n'importe où, peut passer une cuvette sous l'eau et trouver quelques particules jaunes au fond. On n'en a pas beaucoup par jour de cette façon. Il me restait encore quatre-vingt-dix livres quand je tombai sur Sewell à l'endroit où les hommes se rencontraient : le

Bar du Phénix.

- Je peux mettre soixante-dix livres, dit Sewell. Ça ne coûte pas beaucoup d'entamer une prospection. Les monts McDonnell renferment le Roi des Filons du continent... !

Je soupçonnai que c'était là le stade auquel la plupart des gens quittaient Sewell. Le Roi des Filons est le miroir aux alouettes parmi les chercheurs d'or et l'épouvantail des gens pragmatiques. Nul ne l'a jamais trouvé. En parler c'est passer pour un rêveur.

Sewell était plus vieux que moi : Anglais de bonne famille, il avait servi aux Dardanelles et en Turquie. Fait prisonnier, prétendait-il. On murmurait des choses horribles à propos de cette phase de sa carrière. Pas de la lâcheté, mais... bon, je n'en dirai pas plus. On n'avait jamais rien pu prouver. Mais c'était assurément un ivrogne et je pense que les histoires de drogue étaient vraies. Les gens l'évitaient. Il avait aussi vécu parmi les indigènes, aux abords de Kalgoorlie, ce qui donne à tout homme mauvaise réputation.

- Depuis combien de temps êtes-vous dans cette région ? me demanda-t-il en plein milieu de sa discussion sur le Roi des Filons.

- Deux ans, répondis-je.

Il eut un rire bref :

- Mon cher Ronald — ça ne vous fait rien que je vous appelle Ronald, Gowan ? — je suis ici depuis sept ans. Et je ne suis encore jamais revenu de la... bizarrerie de l'Australie. Une singularité sur la Terre, pas vrai ? Tout y est différent : les plantes, les animaux, les hommes. Un gros morceau de l'Ère Quaternaire survivant dans le présent, mais maudit, comme s'il avait été témoin en son temps d'orgies aussi terribles que celles de la fabuleuse Atlantide...

L'homme m'intéressait. Il avait reçu une bonne éducation ; c'était aussi mon cas et les fréquentations sans façon de Kalgoorlie ne m'interdisaient nullement d'éviter une heure de conversation avec Sewell.

– Des mammifères qui pondent des œufs ! poursuivit-il. Un champ d'expériences de la nature ! Un entrepôt de fossiles, restes d'anciens essais. Cette portion de surplus préhistoriques n'a pas été reléguée ici pour rien. L'Australie est comme la Lune, Ronald !

Je ne le suivais pas. Il avait bu juste assez pour se délier la langue, et j'aime étudier les gens lorsqu'ils sont eux-mêmes. Aussi ne fis-je aucune objection quand il commanda deux autres whiskies.

– Je veux dire qu'elle est aussi inexplorée que la Lune, cette île énorme, poursuivit Sewell. Elle est aussi comme elle, avec ses cratères éteints, ses énormes dépressions qui reçoivent l'affluence de cours d'eau et n'ont aucun débouché. Des trous dans ce monde qui ne seront jamais sondés ! J'ai discuté de tout ça avec les Aborigènes. J'ai vécu avec eux. Ils me font confiance.

J'avais lu quelque chose à leur sujet, un « bouche-trou » dans un journal de l'Ouest-australien, je pense, d'après lequel nos ancêtres auraient été de race australoïde, ainsi que les hommes de Spy et de Néandertal. Je voulus dire quelque chose là-dessus mais Sewell me jeta un regard sournois et changea de sujet. Je vis bien que, quoi qu'on puisse avancer, il voulait en garder le contrôle.

– J'aimerais que vous veniez avec moi, Ronald, dit-il. J'ai soixante-dix livres. Une tante est morte. Eh oui, elle m'avait laissé davantage. D'accord, je ne sais que trop ce que les gens de Kalgoorlie pensent de moi : faible, instable. Mais vous, vous ne pensez pas ça de moi, n'est-ce pas ?

Il me décocha encore son coup d'œil sournois, et je sus, comme s'il me l'avait dit, qu'il voulait en fait que je lui dise ce que les gens de Kalgoorlie disaient d'autre à son sujet.

Je commençai par m'excuser, mais il était déjà reparti sur sa lancée erratique :

– Je sais de quoi je parle, Ronald. Il y a de l'or là-bas. Des tonnes ! Des pépites aussi grosses que des gâteaux de fiançailles ! Je tiens ça des Aborigènes. Il y a quelque chose de caché au cœur de ces solitudes mugissantes. Pas que de l'or, d'ailleurs.

Il était une fois de plus parti sur son autre marotte, et autant à dessein que par hasard, pensai-je.

– Avez-vous jamais étudié les Aborigènes ? Ce sont nos ancêtres, Ronald. On les qualifie de dégénérés, mais nos inspecteurs scolaires savent que peu d'hommes blancs ont leurs facultés mentales. Avez-vous jamais remarqué leur nez ? Les anthropologues les classent dans une espèce à part à cause de ce creux à sa racine. L'homme-singe, Ronald... Il se pencha en avant, en proie à une surexcitation qui semblait injustifiée. Non, ils ne descendent pas du singe, ils sont en train de descendre vers le singe...

– Vous voulez dire, suggérai-je, que l'Australien de souche représente les restes d'une culture primitive ?

– Je veux dire sacrément plus que ça ! s'écria-t-il, fulminant, pour ensuite de calmer aussi soudainement, comme honteux. L'Australien est le chien de garde, le gardien de la porte qui s'est enfui lorsqu'un grand cataclysme s'est abattu sur le berceau de la race humaine où se balançaient nos propres ancêtres.

« Il conserve encore des vestiges de ce que ses maîtres

lui ont enseigné. D'où tient-il le boomerang ? Pourquoi n'arrivons-nous même pas à le lancer correctement maintenant que nous l'avons ? Nous n'avons même pas été capables d'établir la formule mathématique exacte pour le fabriquer, alors que l'Aborigène lui sait le faire par cette mémoire héréditaire que nous appelons instinct.

Il hésita un moment.

– Avez-vous jamais étudié son système de mariage ? poursuivit-il. La plus ingénieuse méthode de brassage humain que le monde ait jamais connu. Élaborée par quelque génie préhistorique. À présent, tout ce qu'il sait, c'est qu'il faut faire comme ça.

– Je croyais que l'Aborigène était polygame, répondis-je.

Sewell sortit un morceau de papier et un crayon.

– Prenons quatre totems, dit-il : l'aigle, le serpent, le wallaby et l'ornithorynque – vous savez, l'espèce de castor à bec de canard qui pond des œufs. Tous les hommes du totem de l'aigle ont pour épouses des femmes du totem du serpent. Tous les hommes du totem du serpent ont des femmes du totem du wallaby. Toutes les femmes du totem de l'aigle ont pour maris des hommes du totem du wallaby.

« Pas besoin de parcourir toute la liste. Le fait est qu'on doit se marier en dehors de son totem. Exogamie, comme disent les pédants. Polygamie, polyandrie aussi, mais de toute façon un lien si fort que sa violation est impensable. Un homme-aigle épouse une femme-serpent. Leur enfant doit être un wallaby. Si bien que la tribu se démultiplie. Introduction de sang nouveau. C'est épatant, Ronald. Je voudrais vous parler de...

Il s'interrompit encore une fois, et l'expression rusée

éclaira à nouveau son visage. Il vida son verre.

– Vous avez entendu parler de cette histoire de race blanche dans le désert ? demanda-t-il, me fixant.

– Comme tout le monde. C'est ça que vous voulez rechercher ? m'enquis-je.

Il eut un rire gêné.

– Bon Dieu, non !

– Il revint à la charge :

– J'aimerais que vous veniez avec moi. On dit que le Grand Désert Victoria est impossible à traverser. Mais non. Les Aborigènes le traversent, et le mien, Peter, connaît les points d'eau. J'ai autrefois abattu un dingo qui lui avait sauté à la gorge. Il fera n'importe quoi pour moi. Il sait où l'or se trouve.

Il balaya les alentours d'un regard prudent. Le bar était vide à part un prospecteur flânant à l'autre bout et engagé dans un flirt animé avec la serveuse. Sewell mit la main à sa poche et en ressortit un tas de cailloux. Ils étaient d'or natif et le plus gros pesait au moins trois cents grammes.

– Il y en a là pour quatre-vingt ou quatre-vingt-dix livres si je voulais les vendre, fit Sewell. Mais je ne veux pas avoir la moitié de Kalgoorlie sur nos traces. Je veux les laisser encore se tromper sur mon compte pendant un moment. Prenons encore un verre et nous reparlerons de tout ça demain matin. À propos, c'est un drôle de tatouage que vous avez sur votre avant-bras droit. C'est ingénieusement fait. Un aigle, n'est-ce pas ?

Je le lui montrai. Il avait été exécuté avec talent par un Malais à Honolulu, mais j'avais regretté par la suite de l'avoir fait. Mon père était un Anglais et l'aigle figurait sur les armoiries de la famille. J'avais fait en sorte d'estomper la devise qui l'entourait, mais je n'arrivais pas à m'en débarrasser.

Sewell y jeta un regard distrait et se leva. Nous bûmes ensemble et il me quitta abruptement dès qu'il eut vidé son verre. Je me posai des questions quant à ses manières bizarres, me demandant si ce n'était pas le résultat de drogues, quand un prospecteur entre deux âges que je connaissais pour l'avoir salué vint à moi.

– Si j'étais toi, j'éviterais ce type, fit-il.

– Pourquoi ? demandai-je.

– Oh, le prend pas mal, camarade. C'est qu'il est... qu'il... Tiens, demandons à mademoiselle Polly, ici présente. Mademoiselle Polly, que diriez-vous d'être vue aux courses en compagnie de Victor Sewell ?

La fille releva dédaigneusement la tête.

– Il me flanque la frousse, déclara-t-elle.

– S'il y a quoi que ce soit de connu contre lui, j'aimerais le savoir aussi, dis-je. Je veux dire, qui puisse être prouvé.

Je parlai moins chaleureusement que je l'aurais souhaité, car je dus m'avouer que le sentiment de mademoiselle Polly n'était pas très éloigné du mien.

– Oh, y a rien de connu, camarade, répondit le prospecteur. Rien qu'une question d'instinct, j'le reconnais. Rien qu'une question d'instinct...

Chapitre III
L'appât des Monts McDonnell

Je m'endormis là-dessus. J'étais sûr qu'il y avait quelque chose de plus que l'or derrière la proposition de Sewell et bien plus dans ses intentions qu'il ne m'en avait dit. Mais l'idée me fascinait et je mis les objections de la fille sur le compte de l'influence de l'opinion populaire.

Une ville minière est un étrange mélange de réserve et de je-m'en-foutisme, et, comme l'armée ou une compagnie de couturières, elle est pleine de commérages. Mais en fin de compte, quand Sewell se présenta à la porte de ma bicoque le lendemain, je balayai tous mes doutes.

À ce que je pus voir, il n'y avait rien de spécial chez lui, sauf son air de chien battu et ses façons sournoises. La plupart des gens sont comme ça quand ils ont été victimes d'un parti pris. Il est difficile de ne pas vivre au niveau de sa réputation...

Il était venu avec un noir et sa *gin* : le premier était son homme, Peter, un vieil Aborigène ratatiné avec un étrange regard vieux comme le monde sur ses traits plats ; la seconde était l'épouse de Peter qui, m'assura Sewell, elle était meilleure porteuse que son mari.

Une fois décidé à faire équipe avec Sewell, on boucla l'affaire. Ce fut un accord à parts égales, car tout ce que Sewell — ou plutôt Peter — savait, c'était où se trouvait l'or. À midi nous avions chargé le noir et sa femme de tout notre matériel. Le fardeau me sembla énorme, mais Sewell assura que ce n'était rien pour eux.

Nous avions une tente, une nécessité dans ce pays infernal et sans ombre, un pilon et un mortier, des cuvettes pour laver le minerai et un petit berceau. Ceci constituait la charge de Peter. Sa femme, elle, transportait le sac renfermant vingt-cinq kilos de farine et une flèche de lard. De notre côté, nous portions le sac renfermant le reste de nos maigres provisions et les ustensiles de cuisine, une couverture pour chacun contre les nuits glacées et, article précieux entre tous, une grande peau de chèvre cousue pour l'eau qui, pleine, constituerait la charge d'un homme. Nous avions prévu dix semaines de voyage, ce qui était tout ce que notre stock pouvait permettre. Si nous découvrions de l'or en quantités rentables, alors nous reviendrions ici pour investir dans un chameau, ou même dans deux, pour nous rééquiper en vue d'un voyage prolongé.

C'était un plan assez désespéré, et je m'en rends compte maintenant ; mais sur le moment il paraissait assez sensé. En plus, il y avait quelque chose d'hypnotique chez Sewell : pas un pouvoir, mais une sorte d'instabilité qui semblait lui sortir par les pores de la peau. Un homme aurait pris des risques insensés avec lui, mais pas pour la confiance qui lui aurait accordé pour l'arracher au danger...

Nous nous enfonçâmes pendant des jours dans le désert de sel. Kalgoorlie est très proche de la frontière des terres habitables. Jour après jour l'herbe se fit plus clairsemée, le sel plus épais, les cieux plus cuivrés. Sewell était désespérant. Il négligeait son fardeau. Il buvait sa part d'eau et pleurnichait devant la mienne. Peter, de son côté, était un phénomène, tout comme sa *gin*. Ils réussissaient toujours à trouver les points d'eau, même si c'était de l'eau saumâtre. Et ce n'est pas bue que de temps en temps que l'eau saumâtre devient intolérable.

Nous n'avions en principe emporté ni fusil ni arme de poing, car il n'y a rien à tirer — rien de mangeable — dans le Grand Désert Victoria ; mais j'avais glissé dans mes poches un revolver plus deux poignées de cartouches et je savais que Sewell portait un automatique sur lui. Il n'y avait pas d'alcool ; j'avais insisté là-dessus. Ce n'est d'aucun secours, sauf pour un effort violent en fin de journée, et encore avec des effets néfastes. Mais Sewell avait apporté de la drogue. Je ne pus découvrir ce qu'il prenait, mais je savais que c'était cela qui lui asséchait la gorge et le faisait pleurnicher devant mon eau tout en chancelant sous un demi-chargement.

Je m'habituai à lui au fil des jours. C'est moi qui donnai les ordres à Peter et réglai les heures de marche. Au bout d'une semaine dans le désert, on devient largement un automate. Dieu sait à quelle distance étaient mes pensées lorsque je me traînais derrière l'aborigène et sa *gin*, sous le ciel brûlant, maudissant la folie qui m'avait conduit à aller décrocher la Lune avec Sewell, et pourtant...

Pourquoi n'ai-je pas fait demi-tour ? Eh bien, il y avait quelque chose, une indéfinissable intuition de l'aventure qui me gagnait à mesure que les jours passaient, peut-être à cause de leur monotonie même. Je sus par la suite que j'aurais pu prédire ce qui allait arriver — ou plutôt quand ça arriverait — presque à un jour près. L'état d'expectative s'accentua en moi, comme quand on attend l'apparition de quelque chose qu'on a cherché. Je fus saisi par un instinct fiévreux. La nuit, l'intuition devient plus forte et l'instinct plus profond.

C'était l'intuition que quelque chose venait à ma rencontre. Quelque chose qui décrivait une diagonale sur cet échiquier jaune et brun alors que j'en décrivais une autre. Une intuition concernant la destinée. La nuit, j'écoutais les marmonnements fous de drogue de Sewell et tentais de broder quelque chose à partir d'eux.

Nous nous étions disputés, bien sûr, comme il arrive même aux hommes justes quand ils sont seuls dans un désert mugissant. Je suppose que ma figure était pour Sewell tout aussi détestable à voir au petit déjeuner que la sienne l'était pour moi. Nous ne nous parlions jamais sans ricanements ou menaces dans le regard. Une nuit où je l'avais cru endormi, il se mit soudain sur son séant et se tourna vers moi.

– Qu'est-ce que vous disiez à propos d'or cet après-midi ? demanda-t-il.

– Je disais que les monts McDonnell devront sacrément faire des leurs pour que je cède à la tentation de faire demi-tour, répondis-je avec dans mon ton un reproche amer que je ne pouvais dissimuler.

– Au diable vos monts McDonnell ! explosa-t-il. Pensiez-vous que j'avais entrepris ce voyage simplement pour cueillir quelques cailloux ?

– Je l'espère, répondis-je non sans sérieux. C'était le but de notre accord, non ?

Il resta silencieux un moment, avant de se glisser hors de ses couvertures pour s'approcher de moi. C'était la pleine lune et l'entrée de la tente était éclaboussée de blanc ; le silence était terrifiant, je frissonnais de froid et j'avais une envie folle d'eau fraîche et propre. Avoir trop chaud et être assoiffé est déjà quelque chose, mais avoir froid et être asséché est infernal. Tout prospecteur peut vous le dire. Voir Sewell ramper comme un gros serpent sur la bande de sable séparant nos couvertures en roulant le blanc des yeux me donna l'envie panique de hurler.

S'il m'avait touché, je l'aurais frappé. Mais il s'arrêta à une trentaine de centimètres et s'assit à côté de moi, sa couverture posée sur sa tête et ses épaules.

– Écoutez, Ronald, commença-t-il. C'était la première fois qu'il m'appelait ainsi depuis des semaines. J'ai quelque chose à vous dire. Il y a mieux que l'or ici, bien qu'il y ait aussi de l'or. Est-ce que vous avez déjà entendu parler de la reine blanche du peuple des monts McDonnell ?

– J'ai entendu cette histoire auprès des vieux prospecteurs. Mais personne ne l'a jamais vue. Ni d'ailleurs cette race blanche.

– Si, les Aborigènes.

– Des hommes blancs qui descendraient de la côte nord tous les 36 du mois, Sewell...

Ma réticence à son égard fondit ; il arrivait à se faire aimer, mais jamais à se faire respecter.

Il se pencha vers moi et je vis ses yeux se retourner, comme si la drogue qu'il avait avalée l'emparait de lui.

– Et Peter ? dit-il. Il se pencha encore plus. Il l'a vue !

Ce fut le moment le plus terrifiant que j'eusse jamais vécu. Il n'y avait aucune explication à mon impression ; les dires de Sewell auraient pu avoir une explication simple. Cependant je tremblais pour de bon, à moitié de terreur, à moitié d'impatience.

– Il ne veut pas en parler ! explosa Sewell. Il est au courant de quelque chose — des tas de choses, je le soupçonne — de quelque chose qui se trouve de l'autre côté du Grand Désert Victoria. Il ne veut pas dire ce que c'est. J'en suis persuadé.

Ses lèvres étaient maintenant contre mon oreille et j'avais oublié ma répugnance.

– C'est quelque chose qui n'est pas... exactement... humain... au sens où nous entendons ce mot.

– Fariboles ! m'écriai-je.

Il avait une intuition servie par une ruse infernale. Il savait que j'avais peur. La faute au désert qui porte sur les nerfs d'un homme. D'ailleurs, je n'ai jamais connu de vieux prospecteur qui soit tout à fait sain d'esprit.

– Écoutez, Sewell, dis-je. Ces histoires — races blanches, reines blanches — sont le lot commun de toutes les contrées qui ont un arrière-pays inexploré. Oublions-les. Je ne suis pas venu ici pour ça. Je suis venu pour chercher de l'or. Si vous n'êtes plus dans le coup, vous pouvez toujours me laisser Peter et retourner d'où on vient. Ou vous pouvez emmener Peter et je continuerai seul.

Il ne se soucia même pas de me répondre et je restai silencieux, attendant la suite tout en écoutant avec tout mon corps et pas seulement avec mes oreilles, quelque chose ramper sur le sable au-dehors. Je savais que ce dont j'étais venu à la rencontre n'avait plus guère de chemin à parcourir. Même chose pour moi, d'ailleurs.

– Quand j'ai été fait prisonnier, reprit Sewell, on m'a envoyé à Alep. On m'a fait d'abord travailler au tunnel du Taurus. Mais j'ai appris l'arabe : j'ai un don inné pour les langues. Je me suis lié d'amitié avec mes geôliers en quelques semaines. Les Tommies n'aimaient pas ça. Ils pensaient que je les trahissais. C'était faux. Quand je suis devenu musulman, ils m'auraient tué s'ils l'avaient pu. Mais j'étais alors à Damas pour y étudier.

« Bizarre chose que l'Islam. Une sorte de pot-pourri de sagesse ayant survécu aux peuples plus anciens. Vous savez, l'Arabe du désert est toujours à demi-païen. Il a connaissance des races anciennes. Salomon n'était pas un mythe. Ni ses pouvoirs, d'ailleurs. Ni les *djinns*, les élémentaux et les choses à demi-humaines qui viennent à vous sous l'empire du hachisch et de l'extrait de pavot. Bon Dieu, Ronald, ces visions sont réelles ! Elles ne doivent rien à l'imagination. On ne peut imaginer quelque chose qui n'a jamais eu d'existence matérielle.

« Quand j'ai retrouvé des traces de cet enseignement primitif parmi les Aborigènes, je l'ai étudié. Ils avaient une représentation tout à fait claire de certains seigneurs blancs, dans la crainte desquels ils étaient tenus. Des sortes de gnomes ou d'hommes souterrains, mais pas des nains. J'ai surpris pas mal de choses avant qu'ils sachent que je comprenais leur langue. Alors ils l'ont fermée. Je pensais qu'en amenant Peter et sa *gin* par ici je le ferais parler. Mais il ne le veut pas. Quant à elle, elle, dit qu'il ne sait rien.

« Savez-vous ce que j'avais en tête quand je vous ai demandé de vous associer avec moi ? Parce que je savais... parce que je savais que cette race blanche vivait quelque part dans les monts McDonnell, j'avais comme idée d'y aller, de prendre son or et, eh bien, de régner sur elle... Les histoires des vieux prospecteurs ont un fond de vérité. Vous savez, ils vous diront qu'il y a une reine blanche dont la vue rend les hommes fous. C'est vrai. Une survivance du matriarcat. Ils la voient quand ils sont rendus fous par la soif.

Seigneur, ce qu'il pouvait divaguer de façon décousue une fois rendu dingue par la drogue ! Pourtant, sans vouloir l'admettre, j'étais un auditeur bienveillant...

– Il m'a fallu quelque temps pour surmonter mon impression que les Aborigènes avaient le pouvoir de voir ce monde d'êtres élémentaux. Ce ne fut pas avant d'avoir réalisé que cette race était humaine — d'une certaine façon — que l'idée m'a pris d'y aller. Mais, Ronald, ce ne sont pas humains comme vous et moi. Ce sont les descendants d'une des races primordiales qui habitaient le monde il y a des éons de ça ! Nous avons un million d'années d'avance sur eux, comme le monde a un million d'années d'avance sur le kangourou, l'ornithorynque et l'Aborigène. Il y a certaines choses que ces êtres peuvent nous apprendre. Nous ramènerons ce savoir ici et nous nous en servirons pour plus de pouvoir personnel. Il y a aussi certaines choses que nous pouvons, nous, leur apprendre. Nous prendrons leur or et les dépouillerons jusqu'à l'os !

Ses yeux rougeoyaient de feu. Il me faisait horreur et me fascinait à la fois. Quel esprit avait-il pour avoir conçu cela, pour avoir élaboré cette grandiose idée ! Mais pourquoi mettre un tel esprit au service d'ignobles rapines !

— Vous feriez mieux d'aller dormir, Sewell, dis-je.

— Il me toucha pour la première fois. Sa main était aussi froide que les anneaux d'un serpent.

— Vous me suivez dans tout ceci, Ronald ? gémit-il presque.

— Je vous suivrai dans le cadre de notre accord, répondis-je.

Cela sembla malgré tout le satisfaire. Il repartit en rampant et se coucha sur le dos, marmonnant et se tordant les doigts. Ses marmottements cessèrent bientôt. Il se mit à respirer lentement et péniblement, à la façon des drogués.

Je restai immobile. Mais un mauvais pressentiment grandit en moi. De quoi avais-je peur ? Je tentai de faire abstraction de l'influence du désert, mais je n'arrivai pas à dormir. D'un côté il faisait trop froid ; et puis... quelque chose m'appelait.

Enfin je n'y tins plus. Je me glissai hors de mes couvertures et sortis de la tente. Le clair de lune inondait tout. Dans le lointain je vis un objet noir qui bougeait et avait l'air d'un point à la surface blanche du sable.

Je saisis mon revolver, glissant une cartouche dans le barillet et, le cœur battant la chamade, filai à grandes enjambées vers l'objet. Je n'avais nulle raison d'avoir peur. En me rapprochant, je vis que c'était un homme blanc vêtu de loques qui avançait vers moi, lentement, sans but. Comment il nous avait trouvés dans ces solitudes mugissantes, je ne l'ai jamais su ; ni comment il avait trouvé la force de faire fonctionner ses jambes...

Car il avait été horriblement torturé, aveuglé, mutilé. Comme il s'avançait en traînant les pieds, lançant un cri assoiffé, je reconnus en lui le vieux Joe Mulock, un prospecteur qui avait disparu un an ou deux auparavant de Kalgoorlie.

Chapitre IV
Une mort dans le désert

Il sentit ma présence bien avant d'avoir pu m'entendre mais, ignorant qu'il était aveugle, je ne m'étonnai pas quand il pivota et tendit les bras vers moi. Il s'écroula inconscient et ce ne fut pas avant de l'avoir emmené sous la tente que je m'avisai de l'étendue de ses mutilations.

Elles étaient l'œuvre de démons sournois, car il n'y avait pratiquement pas un pouce de lui qui ne fût pas charcuté. Ils l'avaient travaillé nerf par nerf, tendon par tendon, armés d'une infernale connaissance de l'anatomie. Ils lui avaient infligé le maximum de douleur avec le minimum de dommage avant de le lâcher dans le Grand Désert Victoria.

Je me souvins que c'était Joe qui m'avait parlé de la reine blanche. Il avait parlé d'aller la trouver et de l'épouser, et nous l'avions tous cru fou. Mais c'était à l'époque un vigoureux gaillard de cinquante-cinq ans, alors qu'il était à présent d'une vieillesse extrême.

Je l'enroulai dans mes couvertures et lui versai les dernières gouttes de notre eau dans la gorge. L'aube pointa peu après. Sewell gisait dans son sommeil de drogué et Peter ne se montra pas, comme à son habitude. Peut-être était-il parti en quête d'eau, pensai-je ; celle de la mare devant laquelle nous campions était imbuvable.

Un coup d'œil me révéla que le vieux Joe n'avait plus longtemps à vivre. Ce que la torture n'avait pas fait, le Grand Désert Victoria l'avait achevé. Sa langue était noire, son corps — ce qu'il en restait — était presque momifié par les cristaux de sel. Dès que j'eus fait ce que je pouvais pour lui, j'allai vers Sewell et le secouai jusqu'à ce qu'il se réveillât.

Il se mit sur son séant en grognant et ses yeux tombèrent sur la loque humaine qui était à côté de lui. Il connaissait Joe : je le vis à son expression ; de toute façon il ne pouvait que le connaître car Joe avait été un vrai personnage sur les champs aurifères de l'Ouest. Ses yeux se fixèrent sur moi d'un air sournois, et je sus qu'il était décidé à ne pas admettre le fait.

– Joe Mulock est arrivé à la tente tôt ce matin, dis-je. Je l'ai ramassé dehors.

J'étais sur le point de lui dire ce que des démons lui avaient fait, je restai interdit sous l'effet de quelque impulsion profonde. Comprenne qui pourra mais l'état honteux du corps du vieux Joe m'appartenait, du moins pour autant que Sewell était concerné.

– Eh bien, qu'est-ce qu'on va en faire ? grommela Sewell. On ne peut pas le ramener avec nous.

– Nous devrons le laisser ici jusqu'à... commençai-je.

– Jusqu'à ce qu'il meure ? Il ne mourra pas. Ces vieux sont plus coriaces qu'un eucalyptus *mâle*.

– Est-ce que vous avez jamais eu de sentiments dans ce qui vous reste d'âme ? demandai-je, éprouvant une rage folle à la simple présence de Sewell dans la tente.

Rage doublée d'une impression de désespoir impuissant parce que la présence du vieux Joe avait plus que compliqué les affaires. Car nous ne pouvions ni avancer ni revenir en arrière, et notre farine était à moitié consommée.

Généralement Sewell me répondait par un ricanement

méprisant, mais cette fois il se leva simplement et sortit de la tente d'un air dédaigneux. J'allai à l'entrée et le vis s'accroupir près de l'Aborigène et de sa *gin* qui allumaient du feu à l'abri d'un rocher. Je revins auprès de Joe et tentai de tirer encore quelques gouttes d'eau pour lui. Sewell avait fait la razzia sur l'outre le matin précédent, après sa nuit de soif due à la drogue.

Il n'y avait rien que je pusse faire de plus pour Joe. Sewell entra pour voir une ou deux fois, mais il ne tarda pas à se rendre compte que je ne partirais pas de la journée. Pas avant que le vieux Joe fût mort. Peter apporta du lard et du pain cuit au feu, et il me dit vers neuf heures qu'il partait en quête d'eau. Sewell se renfrogna à l'abri du rocher. Je veillai le vieux Joe et il ne se passa guère de temps avant que je visse que le problème auquel j'avais été confronté n'en était plus du tout un. Le vieil homme tournait au gris et le sifflement de sa respiration devenait plus fort dans sa trachée.

Il s'agita, ses mains tordues se mirent à triturer la couverture, l'effilochant et essayant d'en enrouler les fils en écheveaux. Je savais ce que cela signifiait et je savais qu'il pouvait reprendre conscience à tout moment avant de mourir. Il ne tiendrait pas plus d'un jour ou deux.

Soudain les yeux aveugles s'ouvrirent.

– Camarade ! hoqueta la gorge torturée dans un sifflement étouffé.

– Je me penchai sur lui.

– Écoute-moi, Joe ! fis-je. Tu es en sécurité à présent. C'est Ronald Gowan qui te parle. Gowan de Kalgoorlie. Tu m'as connu là-bas. Nous passions les soirées ensemble à l'extérieur de ta bicoque.

Il était déjà trop loin pour se souvenir de moi, mais il savait que j'étais un ami.

– Les démons noirs sont partis ? murmura-t-il d'une voix enrouée.

– Ils sont partis, Joe. Tu es tombé sur notre camp. Courage, mon vieux ! Ça va aller maintenant !

Quels mensonges sommes-nous capables de proférer quand nous y sommes contraints... ! Cette désolation de chair torturée était moins humaine que le plus difforme des animaux.

Il chercha ma main et la porta à sa poitrine.

– J'peux te dire où... l'eau, marmonna-t-il. Pas loin. Un jour de marche, peut-être, ou deux ; droit au nord, là où on voit le début des monts McDonnell se dresser en plein dans le ciel. Suis cette direction. Tu croiras que c'est du sel, mais non. C'est de l'eau douce bouillonnant au milieu de la croûte de sel...

Il fut pris d'un ricanement saccadé.

– Faudra être vif, murmura-t-il. Les diables noirs sont là-bas. Regarde ce qu'ils m'ont fait ! Ils t'auront si t'es pas vif. Mais ils sortent pas avant la nuit. Ils supportent pas le soleil. Ça les dessèche comme des vers. J'ai découvert ça quand j'leur ai échappé. Ils ont pas pu me suivre au soleil. Surtout te fais pas prendre par eux après la tombée de la nuit !

Malgré toute ma curiosité, je n'interrogeai pas plus le vieil homme.

– Endors-toi, Joe, et oublie ça, dis-je.

Il poussa un cri aigu :

– Oublier ça ? C'est la reine blanche dont parlent les prospecteurs, dans le Pays Impossible. Si tu savais...

Sa griffe se referma férocement sur moi :

– Écoute ! hurla-t-il. J'suis pas fou et je jure que c'est vrai. J'ai été roi là-bas. Ils m'ont fait roi ! Ils attendent quelqu'un du monde extérieur. Ils pensaient que c'était moi. Mais non. Et ça rapporte rien. Mon Dieu ! Écoute ! Je jure que j'suis pas fou. Ces gens sont des sorciers. Ils vivent pas...

Il retomba sur le sable et, comme ses yeux se fermaient, une terreur affreuse parut éclairer ses orbites aveugles.

Il était à nouveau inconscient et plongé dans l'interminable coma qui se fond imperceptiblement dans la mort. Je me levai de son chevet pour aller voir Sewell à l'entrée, l'outre vide à la main et le regard furieux.

– Bon sang, elle est toute plate ! lâcha-t-il. Vous avez donné les dernières gouttes à ce vieil épouvantail qui de toute façon serait mort dans un jour ou deux ! Vingt dieux, Gowan, vous vous rendez compte de ce que ça signifie pour nous, hein ?

Je haussai les épaules. J'aurais pu lui dire que la soif causée par les drogues qu'il prenait était responsable de la plupart de nos souffrances. Mais certains hommes ne valent pas la peine d'une dispute. Sewell me faisait cet effet.

Il se calma, tout en grommelant :

– Qu'allons-nous faire ?

– Rester ici jusqu'à ce qu'il meure.

Il s'approcha pour regarder Joe.

– Vous croyez qu'il mourra aujourd'hui ? demanda-t-il avec une impatience contenue. Peter pense qu'il peut trouver de l'eau. Mais il n'en est pas sûr. Il faut que nous partions, il faut que nous partions ! vous dis-je, ou que nous revenions à notre dernier campement. Là-bas l'eau était comme des sels d'Epsom. Qu'allons-nous faire ? Mon Dieu, c'est la fin de tout, et juste au moment où...

Il s'arrêta net et me regarda d'un air sournois. Il me vint alors à l'esprit qu'il avait déjà discuté de ça avec

Peter.

Nos gorges étaient trop sèches pour que nous mangions. Nous mâchâmes quelques feuilles de thé. L'atmosphère était au sommeil dans la tente et je n'avais pas fermé l'œil la nuit précédente. C'était long d'attendre Peter et la *gin* qui était partie avec lui. Je sentis mes yeux se fermer. Je m'endormis sans m'en rendre compte.

Lorsque je me réveillai, le soleil approchait de l'horizon. J'avais dormi tout au long de l'impitoyable canicule. Je me réveillai affaibli et défaillant par manque d'eau. Sewell avait dû rester assis dehors ; il entra en m'entendant me lever.

– Peter est revenu il y a une heure et il n'a pas trouvé d'eau, m'informa-t-il. Nous allons retourner à notre dernier campement une fois la nuit tombée. C'est notre seule chance.

– Le vieux Joe ne s'est pas réveillé pendant que je dormais ? demandai-je en me penchant pour examiner le visage du prospecteur. La lente respiration stertoreuse avait cessé.

– Lui ? Oh, il est mort, répliqua Sewell. Il a cassé sa pipe à peu près une heure après que vous vous êtes endormi. Peter lui creuse une tombe là-bas.

La dureté de son ton me rendit furieux. Le vieux Joe avait fini son temps et la mort lui avait été une délivrance ; mais cette mort de chien dans le désert me faisait mal.

Me penchant au-dessus de lui, je vis que son visage avait étrangement perdu toute couleur ; il y avait des marbrures sur sa peau tannée et ridée. Je levai les yeux vers Sewell et ce que je lus dans son regard confirma mes soupçons.

Sewell avait étouffé le vieil homme au cours de son coma final. Il n'avait pas pu attendre sa mort : il avait peur qu'il n'y eût plus d'eau...

Je bondis vers lui et, un moment, je perdis contrôle de moi-même. Je pense que je l'aurais étranglé. Il découvrit ce qu'il y avait dans mes yeux et se mit à courir. Il fut plus rapide que moi et il s'arrêta à environ vingt pas avant de se mettre à déblatérer n'importe quoi.

– Je jure que je n'ai pas fait ça, cria-t-il. Le vieux s'est étouffé dans la couverture. Il était mort quand je l'ai regardé. Je savais que vous seriez injuste envers moi !

Il avait l'air d'une femme perdue en supplications. Mais même les évidences dans la tente ne m'avaient pas appris quel chien meurtrier il était. Sous sa mollesse apparente, il avait la férocité d'une hyène.

Peter accourut en tenant une pelle. Je décidai de ne pas gaspiller davantage ma salive pour Sewell. Nous portâmes le corps qui devenait raide et le déposâmes dans la tombe peu profonde. Par chance, il n'y avait ici nulle bête alentour pour la profaner.

– Maintenant écoutez-moi, espèce de sale chien ! dis-je à Sewell. C'est ici que vous et moi nous séparons. Prenez Peter avec sa *gin* et la moitié des provisions. Je laisse mon équipement ici. Je repartirai plus tard à zéro avec des provisions convenables et un associé humain. Mais je ne resterai qu'à un jour de marche derrière vous. Si je vois votre visage ou votre dos avant que nous atteignions Kalgoorlie, par le Dieu vivant, je vous abats sur le champ !

Chapitre V
De l'eau et une femme

Je pensai par la suite que j'avais fourni à Sewell une espèce de justification en proférant ces menaces. Mais j'étais rendu fou pour son comportement avec Joe et par la torture de la soif. Sewell vit que je parlais sérieusement, car Peter et lui se mirent à démonter la tente et à partager équitablement les provisions. Mais surgit la question de l'outre en peau de chèvre. Nous ne pouvions la partager et voyager sans elle signifiait la mort. Nous le constatâmes en même temps. Ainsi, dans notre situation, nous nous retrouvions soudain liés l'un à l'autre.

– Eh bien, on dirait que finalement nous voilà contraints de voyager ensemble... fit Sewell.

Je ne pus qu'acquiescer. Sewell se mit en route en pleurnichant que nous ne pourrions jamais revenir sur nos traces et qu'à l'arrêt précédent l'eau était presque aussi amère qu'ici. C'est que je me souvins des paroles du vieux Joe à propos d'une source d'eau fraîche.

Naturellement, j'ignorais quelle part de vérité elles renfermaient, mais il m'apparut que le vieil homme avait dû trouver de l'eau potable en cours de route, et meilleure que la nôtre, sinon il n'aurait jamais pu franchir la dernière étape dans son état...

J'étais déjà aux premiers stades du délire. Bien que je fusse parfaitement conscient de tout ce qui se passait, j'entendais des choses murmurer à mes oreilles et des images se formaient continuellement à la place des éternelles ondulations du sable. D'abord je pensai que c'était un mirage. Mais non. Cela venait de chez moi ; je n'avais qu'à me laisser aller et je me retrouverais en plein dedans.

Non, nous n'arriverions jamais à la dernière mare.

– Le vieux Joe a dit qu'il y a de l'eau à un jour ou deux, dis-je à Sewell. Il a dit qu'elle est douce. Peut-être que c'était du délire, mais il a dû trouver de l'eau quelque part. Je vais partir la chercher.

J'empoignai l'outre d'une main mal assurée et la balançai par-dessus mon épaule.

– J'irai avec vous. Ou plutôt, vous pouvez venir avec moi, Sewell, fis-je. Il y a une chance sur deux que nous la trouvions. Il y a une chance sur deux qu'elle soit potable. Une fois que nous aurons l'eau, on réglera nos comptes.

Il approuva en geignant. Après tout, j'étais le maître, car en possession de l'outre. Nous tentâmes de retracer l'itinéraire que le vieux Joe avait pris. J'étais presque sûr que ce qu'il appelait un jour ou deux de marche était bien moins que ça : peut-être pas plus de deux heures de voyage. Je le dis à Sewell pour le rassurer, car je ne voulais pas d'un poids mort sur le dos.

Ce qui m'intriguait, c'était la directive du vieux Joe de prendre plein nord vers la limite des monts McDonnell, qui était vaguement visible à l'horizon depuis quelques jours. Comment le vieux Joe avait-il reconnu le nord et trouvé son chemin vers le sud ? Ceci renforçait mon opinion que la source d'eau douce était à bien moins d'un jour de marche de nous.

La nuit était tombée lorsque nous partîmes, mais un brillant clair de lune rendait tout le paysage aussi lumineux qu'en plein jour. Le vent avait depuis longtemps effacé les empreintes du vieux Joe. Nous visions la limite des monts McDonnell. Nous avançâmes péniblement mais fermement sous nos fardeaux, Peter en tête, puis moi, puis Sewell, la *gin* fermant la marche. C'est ainsi qu'on commença à grignoter les heures de la nuit.

Le plus angoissant était l'absolue solitude. Il n'y avait même pas un oiseau pour parcourir la voûte noire au-dessus de nous, où les étoiles resplendissaient comme des diamants. Je me sentis totalement insignifiant, fourmi humaine jetée dans ce désert. Un cadre approprié pour qu'il nous arrive n'importe quoi !

À ce moment, je savais que la chose dont j'allais à la rencontre était maintenant toute proche. Mon délire renfermait peut-être ce germe de vérité en lui. Mais les heures passaient, les étoiles voyageaient dans le ciel et rien ne se produisait. Jusqu'au moment où, soudain, Peter s'arrêta en avant moi.

– Qu'est-ce qui se passe ? demandai-je.

Mais il attendait son maître.

– Moi pas continuer, dit Peter.

– Je te dis que d'ici l'aube nous allons trouver de l'eau douce ! m'écriai-je.

J'en étais sûr maintenant. Je savais tant de choses qui m'avaient été cachées jusque là.

Peter remua son nez aplati.

– Plein de diabes-diabes, dit-il simplement. Moi pas continuer.

– Bêtises ! marmonna Sewell.

J'ai dit que je lui avais caché la vérité sur les mutilations du vieux Joe. Il n'avait rien de spécial au visage, à part les orbites énuclées, et les démons dont c'était l'œuvre avaient laissé les paupières. Leur travail dénotait des monstres. Sewell ne savait rien de la rencontre du vieux Joe avec ces diables noirs.

— Plein de diabes-diabes, marmonnait Peter obstinément. Si eux attraper homme blanc, pareil qu'homme noir. Diabes -diabes attraper quand soleil parti, homme blanc homme mort, pareil qu'homme noir.

Ceci m'alarma. Le vieux Joe avait dit la même chose. Ils « se desséchaient comme des vers » au soleil... Je saisis mon revolver et glissai des cartouches dans les alvéoles vides pendant que Sewell et Peter tenaient une sorte de *corroboree* à eux deux.

La voix aigrelette de Sewell se mua en un cri aigu et exaspéré. Mais il ne put convaincre Peter. Il revint alors vers moi.

— Ce sacré imbécile dit qu'il y a dans cette région des diables qui attrapent les hommes et les mutilent, fit-il. Il ne veut pas continuer, mais il a dit qu'il nous attendra. Qu'est-ce qu'on va faire, Gowan ? Qu'est-ce qu'on va bien faire ?

J'étais navré pour la créature brisée que j'avais devant moi. La langue gonflée de Sewell se collait à son palais rugueux et ses paroles étaient presque inintelligibles. Il tremblait de la tête aux pieds.

— Pour l'amour de Dieu, dites-moi quoi faire, Gowan ! me supplia-t-il.

— Laissez tout à Peter si vous avez confiance en lui. On peut faire ça ? Je vous crois. Tout ce que nous voulons, c'est l'outre, et je la porterai. Elle ne pèse pas lourd maintenant. Restez à mes côtés et d'ici l'aube nous trouverons cette eau. Sinon... eh bien, il n'y aura plus à s'inquiéter.

Nous repartîmes, laissant Peter et sa *gin* assis sur les paquetages à nous suivre des yeux. Seigneur, quel voyage que celui-ci ! L'air glacial nous gelait jusqu'à la moelle, le sel grinçait jusque dans nos os et la soif hurlait dans chacune de nos artères. Tout ce dont j'avais conscience, c'était les monts McDonnell dans le lointain.

Je fixai mon esprit sur eux, comme à travers l'objectif d'un appareil-photo, et je me laissais aller, à ce petit grain de conscience près. J'étais de nouveau chez moi, j'étais au camp d'entraînement, je rencontrais une douzaine de vieux amis, dont plusieurs étaient morts. Quelles discussions nous avions ! Durant tout ce temps-là jamais je ne m'écartais des monts McDonnell. Je savais que sinon ce serait la mort, et quelque chose en moi ne voulait pas du tout mourir.

Durant tout ce temps, je savais aussi que la Chose et moi en étions à notre dernière étape...

Celle-ci perdait également son horreur. Elle me glaçait toujours le sang, mais plus de peur. C'était une femme d'une beauté exquise. Je voyais maintenant que ce qui m'avait terrifié était l'idée qu'elle ne fût pas humaine. Mais si, elle l'était ! Elle était chaude, comme une liane souple dans mes bras. Mais elle appartenait à une race qui avait vécu un million d'années auparavant.

Parfois je reprenais conscience en sursaut, pour découvrir Sewell traînant les pieds à mes côtés. Il marmonnait, lui aussi. Je me demandais où son esprit, lui, était parti. Puis je repartais à nouveau ailleurs.

J'ignore combien d'heures avaient passé. Je pensais qu'après tout le vieux Joe ne s'était pas tant trompé que ça dans sa première estimation. Il n'était pas loin de l'aube quand le sable se fit plus compact. Nous marchions à présent sur du rocher, blanc et cassant comme des os. Nous atteignîmes le sommet d'une éminence. À nos pieds s'étendait un plaine étale dans laquelle se dressaient d'énormes rochers, des rochers aux formes curieuses, comme si des mains d'hommes les avaient façonnés. Ils auraient pu être les colonnes et les piliers d'une cité préhistorique.

Au milieu d'eux se dessinait un grand lac, frangé de cristaux de sel blancs. Un lac qui avait l'air plus salé qu'aucun de ceux qu'on avait vus jusque-là...

Un grondement s'échappa de ma gorge. Puis je me souvins des paroles du vieux Joe : « Tu croiras que c'est du sel, mais non ; c'est de l'eau douce bouillonnant au milieu de la croûte de sel. »

Je laissai Sewell et franchis les cristaux en titubant. J'atteignis le bord de l'eau. Je me penchai par-dessus le sel, mis mes mains en coupe et bus... de l'eau douce !

Mon hurlement de joie fut sans doute ce qui informa Sewell, car je ne pense pas l'avoir appelé. Il se retrouva à côté de moi. Nous étions tous deux têtes penchées, nous abreuvant du fluide vivifiant. Puis nous nous y plongeâmes tous entiers avec nos haillons, l'absorbant par tous les pores de nos corps. Jamais il n'y eut nectar aussi doux que celui-ci !

Je tirai Sewell en arrière avant qu'il se tue. La force fut nécessaire, mais à la fin nous nous retrouvâmes tous les deux enivrés et gais sur les cristaux de sel.

J'étais sur le point de remplir mon outre quand il se produisit soudain quelque chose.

Ce fut d'abord une crainte indéfinissable, puis l'impression que nous n'étions plus seuls. Alors je sus ce qu'était cette peur, toute innée qu'elle fût depuis le commencement de l'homme, au point que même les vers de jardin nous dégoûtent. Car toute la surface étale de la plaine jouxtant le lac parut vivante... !

Quelque chose rampait sous le sable. Imaginez une taupe pas très loin de la surface, multipliez par mille sa longueur et représentez-vous le désert de sable se gonflant comme si d'invisibles tortillements de vertèbres l'agitaient par en dessous !

Je ne pouvais plus bouger, seulement observer les contours du monstre jusqu'à ce qu'il fasse passer sa grosse masse par quelque trou sur la rive du lac, qu'il agite l'eau avant de disparaître. Puis tout redevint tranquille.

Je jetai un coup d'œil à Sewell. Il n'avait rien vu. Il regardait de l'autre côté, yeux écarquillés, bouche bée. Je n'avais pas vu ce qu'il fixait : faisant face en demi-cercle, il y avait une douzaine de sauvages à l'air le plus féroce qu'on pût imaginer.

Des Australiens noirs, mais de traits plus australoïdes qu'aucune des races noires du continent. Leur face et leur tête étaient couvertes de poils aussi touffus que sur un chien, ne laissant visibles que les lèvres épaisses, la grande excroissance d'un nez sans arête et des yeux hostiles. Ils portaient des boomerangs et des boucliers.

Je tirai mon revolver et les visai. Je hurlai à l'adresse de Sewell, mais il demeura toujours bouche bée.

Me rappelant le vieux Joe, je me mis à tirer posément dans le tas. L'un d'eux s'écroula, un autre... puis un boomerang me frappa à la tempe et je m'effondrai impuissant sur le sel.

Une minute plus tard, nous étions entre les mains des sauvages. Un énorme gaillard me mit sur ses épaules et me porta vers une sorte d'enceinte de gros rochers, à environ un demi-kilomètre. Il me jeta à terre et monta la garde sur Sewell et moi pendant que ses compagnons disparaissaient dans une sorte de passage naturel.

Environ une minute passa. Je commençais à recouvrer tous mes esprits. Je réfléchissais à la possibilité de me jeter sur le sauvage qui se pavanait au-dessus de moi. C'est alors qu'à l'entrée apparut... celle que j'étais venu voir !

Une fille de vingt ans rayonnante de jeunesse et de beauté. Un trait du type australoïde se révélait dans l'angle de son nez, dans sa chevelure abondante. Mais elle était blanche ! Blanche comme le lait ! Une peau de pêche, de lait et de rose et des cheveux d'un fauve cuivré au cœur du Grand Désert Victoria... !

Elle portait une longue cape d'un tissu bleu et des sandales de bois poli à ses pieds nus ; sous sa cape on entrevoyait des vêtements blancs. Des bracelets de cuivre pendaient à ses poignets et à ses chevilles et un lourd torque d'un or pâteux entourait sa gorge mince.

Elle fit un signe aux sauvages, qui nous entraînèrent à l'intérieur du cercle de monolithes. Je savais maintenant à quoi ils servaient. Les lieux étaient une sorte de temple à ciel ouvert, comme celui de Stonehenge, dans la plaine de Salisbury. Une table d'autel plate se dressait au milieu du monument.

Sewell et moi fûmes hissés puis jetés dessus. On alla chercher des cordes et on nous attacha pieds et poings à quatre cornes de pierre apparemment taillées à même le bloc constituant l'autel. Terrorisé, Sewell, tenait des propos incohérents, le visage blême.

Les Noirs se tenaient autour de nous, jubilant avec un plaisir mauvais comme des monstres malfaisants. La fille, debout parmi eux, suivait immobile et impassible les préparatifs. J'attendis le couteau sacrificiel.

Mais nul couteau n'apparut. À la place, un des

sauvages souleva une sorte de couvercle de pierre en pied de l'autel et lança dans l'ouverture un long appel strident ressemblant au sifflement de la vapeur qui s'échappe.

Bientôt, comme s'il sortait des entrailles de la Terre, un sifflement aigu lui répondit. L'infernale réponse devint plus forte et plus proche ; puis toute la surface du sable à l'intérieur du cercle de monolithes se mit à trembler tandis que les anneaux du grand corps se glissaient vers le haut.

De l'ouverture de l'autel surgit la tête d'un monstre répugnant et d'une incroyable abomination !

C'était une tête de serpent, d'une taille pas plus grosse que l'anneau aplati du cou rayé qui la suivait. La boîte crânienne, malgré sa masse, n'était pas plus grosse que chez un serpent normal. Je vis deux yeux de braise, débordant de la méchanceté crue de cette intelligence primitive, qui me dévoraient du regard, une langue comme une cuillère, creuse et jaune, des rangées de minuscules crocs plantés dans le palais et les mâchoires. Un des indigènes déchira les vêtements qui couvraient la partie supérieure de mon corps. La tête se darda en avant avec un gracieux mouvement ondulant. Je fermai les yeux, tous les muscles tendus contre la succion de cette langue jaune, et la morsure des minuscules crocs dans ma chair.

Mais soudain la fille poussa un cri. Elle hurla et empoigna le chef des sauvages par le bras, désignant mon propre bras. Et le tatouage de l'aigle qui y figurait.

Sewell et moi fûmes immédiatement arrachés au sommet de l'autel, un sifflement renvoya le monstre dans son trou et les sauvages nous ôtèrent nos liens, faisant cercle autour de nous avec de lents mouvements d'adulation...

La jeune fille s'approcha. Elle enleva sa cape bleue et la mit autour de mes épaules, restant devant moi enveloppée dans un vêtement moulant d'une seule pièce en une matière uniformément blanche, tissé dans une fibre végétale qui m'était inconnue et soutenu à la taille par une ceinture souple en alliage d'or et d'argent, avec une tête de serpent. Elle s'inclina devant moi comme dans un signe de profond respect religieux...

Un rayon de lumière tremblotant se fraya un chemin parmi les monolithes. Le Soleil se levait.

Chapitre VI
Le prêtre et la princesse

Instantanément, une espèce de panique sembla s'emparer des Aborigènes. Ils se saisirent de Sewell et de moi, assez vigoureusement, mais plus comme si nous étions prisonniers, et nous poussèrent en hâte vers un trou que j'apercevais à présent sous l'autel. Nous dûmes nous plier en deux et presque ramper sur quelques mètres ; puis je sentis des marches sous mes pieds et me laissai entraîner dans des profondeurs noires comme de la poix qui se dissipèrent très progressivement, jusqu'à ce qu'une lumière pâle et brumeuse se mît à s'insinuer dans le paysage.

La luminosité s'accrut, bien que nous fussions loin sous la terre. Enfin les brumes parurent se rassembler au-dessus de nous et, m'arrêtant au milieu de mes ravisseurs, je regardai autour de moi.

Mon émerveillement fut si grand que j'eus peine à croire que je n'étais toujours pas dans le désert. Je me trouvais sur une large plate-forme à un tournant d'un escalier énorme, plus grandiose que tout ce qui était concevable. Il escaladait, rectiligne sur cent cinquante mètres, le flanc d'une énorme montagne, puis entamait une succession de gracieuses spirales qui l'élevaient encore de cent cinquante mètres, vers un sommet voilé de nuages sur lequel, présumai-je, reposait le cercle de monolithes.

Chaque degré était assez large pour qu'une douzaine de chevaux pussent y tenir de front. Les plates-formes des tournants auraient pu chacune recevoir une compagnie de soldats. De la base de la montagne à la plaine qui s'étendait à mes pieds s'érigeait une impressionnante cité de pierre, mais apparemment déserte.

Ce qui me stupéfia fut de prendre conscience que tout ceci était souterrain... ! Au-dessus de la cité, au même niveau que le sommet de la montagne, se trouvait la surface ferme de la terre. Pourtant il y avait de la lumière ici, comme venant d'un invisible soleil. La plaine étale à mes pieds s'inclinait graduellement vers le bas, si bien que l'horizon était perpendiculaire et non horizontal. Au-dessus de tout ce paysage était suspendue la nuée vaporeuse, formant un plafond impénétrable au-dessus de moi.

J'en oubliai mon dégoût pour Sewell suite à la nouvelle camaraderie née de notre commune aventure.

– Que pensez-vous de ça ? murmurai-je.

Il me jeta un rapide coup d'œil et je pus constater qu'il avait retrouvé du sang-froid.

– Gardez votre calme, mon vieux Ronald ! répondit-il. Vous voyez, je n'avais pas tellement tort. Avez-vous votre revolver ?

– On me l'a fait sauter des mains, répondis-je. Vous avez votre automatique ?

Il secoua la tête.

– Je l'ai perdu... Je ne sais trop comment... balbutia-t-il. Mais nous nous en sortirons si nous ne leur montrons pas que nous avons peur d'eux. On mènera à bien notre programme. L'or, Ronald, et...

Des Noirs se mirent entre nous. La princesse nous précédant, nous poursuivîmes la descente, avec un à-pic de cent cinquante mètres de chaque côté. À l'étape suivante, je fus étonné de voir trois indigènes, chacun tenant un étrange animal comme un gros lama, sellé comme un cheval avec du cuir finement poli et des étriers d'un or laiteux. Ils étaient ferrés avec le même or blanc. Je vis Sewell lancer un regard de convoitise aux pattes fines et fourchues.

La princesse et nous montâmes en selle et les bêtes commencèrent à se frayer sans effort un chemin sur les degrés, jusqu'à ce que nous atteignions la rue la plus en hauteur de la cité. Des maisons en pierre taillée s'élevaient de part et d'autre autour de nous, mais il était évident que depuis longtemps elles n'étaient plus utilisées que comme campement pour les Noirs. Elles étaient recouvertes de poussière et de débris. Toute la cité avait l'apparence d'une gigantesque ruine.

Nous traversâmes en descendant chaque fois un peu plus d'innombrables rues à la même physionomie et ce, jusqu'au moment où nous approchâmes de la base de la montagne. Il était maintenant évident que des milliers d'années avaient passé depuis que ces lieux avaient été un centre de civilisation, et je commençai à soupçonner ce que je pus vérifier plus tard : les grands bâtiments publics avaient occupé le sommet de la montagne, au-dessus de la couronne de nuages, et avaient été détruits lors de la catastrophe qui avait précipité toute l'agglomération sous la terre. Tout en bas, cependant, nous trouvâmes enfin des signes d'occupation des lieux. Il y avait une longue rue, doublée d'un canal d'irrigation à demi-asséché et parsemé de flaques d'eau, le tout souligné par des plantations d'arbres clairsemés. Des lopins d'une sorte de millet nain étaient cultivés sur ses bords. Comme nous tournions pour pénétrer dans cette artère, qui semblait la seule rue occupée de la cité en ruines, un petit groupe de gens s'avança à notre rencontre.

Leur chef était un vénérable vieillard au visage paisible et dont la lourde barbe blanche descendait jusqu'à la ceinture. Il était habillé d'un grossier vêtement noir serré par une corde. Il était entouré de plusieurs douzaines d'hommes et de femmes portant tous des capes bleues à la texture identique à celle de la mienne. Et ils étaient aussi blancs que la princesse et les deux prisonniers que nous étions !

À notre vue, ils s'arrêtèrent et courbèrent la tête, croisant les mains sur leurs poitrines, nous dévisageant avec une sorte de désespoir pathétique. Soudain, la princesse parla et un rugissement de bienvenue sortit de leurs gorges.

La transformation fut étonnante. J'avais rarement vu des gens affichant un air de découragement aussi profond suivi d'un si rapide changement d'humeur... Ils s'assemblèrent autour de nous, saisissant nos mains, caressant nos cheveux et nos visages et tout en bavardant dans une langue mélodieuse différente de tout langage que j'ai jamais entendu jusque-là.

Puis nous traversâmes la foule, qui grossissait à chaque instant avec les nouveaux afflux se déversant des maisons, jusqu'à une construction basse à la limite de la cité, sur la plaine. Le vieillard marchait en tête avec la princesse à son côté, Sewell et moi étions derrière, suivis par les Aborigènes.

Aux portes du bâtiment, le vieillard se retourna et congédia les Noirs, qui tournèrent les talons pour repartir à toute vitesse. Nous entrâmes dans une petite salle parfaitement dépouillée, avec une rangée de bancs de pierre bas, grossièrement taillés, à son extrémité, suivis par une foule grandissante qui remplit rapidement l'intérieur.

À mon complet étonnement, une fois la princesse assise, le vieillard se tourna pour s'adresser à moi... en anglais ! Dans un anglais parfait, bien que la prononciation fût étrange, comme s'il l'avait apprise dans des livres, sans pratique vocale.

- Je suis Nasmaxa, prêtre du Dieu Inconnu, dit-il, et voici Hita, Princesse des Fendeks et souveraine légitime d'Ellaborta. Mais son trône a été usurpé par sa demi-sœur Thafti, qui l'a envoyée ensuite en exil dans ces ruines désolées d'Ethnabasca. Qui êtes-vous et comment et pourquoi êtes-vous venu ici ?

Je lui donnai mon nom et celui de Sewell, et lui donnai le but de notre voyage dans le Grand Désert Victoria. Pendant que je parlais, il traduisait mes paroles à la princesse qui gardait les yeux fixés sur les miens, tandis que la foule exprimait à voix basse son immense étonnement dans un flot continu de murmures ses commentaires.

- Nous savons, dit le vieux Nasmaxa, qu'il y a bien des peuples dans le monde supérieur auquel nous appartenions jadis, jusqu'à ce que la colère du Dieu Inconnu nous replonge dans le berceau de la race, le cœur du globe creux. Il vous faut maintenant apprendre ce que votre venue présage, car elle était attendue de nous, et dans quel but le captif Jimsmith fut dissimulé à la colère du prêtre du Serpent Kammoda jusqu'à ce qu'il ait enseigné sa langue aux hommes sages parmi les partisans de la princesse Hita. Sachez cependant que, sans la mort de Kammoda, le prêtre du Serpent, il y a cinq jours de cela, dans la demeure d'où il nous surveillait et exécutait les ordres lancés par Thafti à Ellaborta, vous ne seriez pas entrés à Ethnabasca vivants mais auriez sûrement été livrés en pâture aux grands serpents.

Jim Smith ! C'était le nom d'un membre d'un groupe de prospecteurs qu'on avait supposés morts dans le désert...

– Il y a des éons, poursuivit Nasmaxa, la Terre Creuse qui avait élevé sa progéniture parmi les nuées, envoya celle-ci peupler les terres qui s'étendent sous l'œil du grand soleil. Mais longtemps après, la colère du Dieu Inconnu nous ramena ici et couvrit la surface de la Terre de déserts inhabitables, bien que nous sachions que de riches terres s'étendent au-delà.

« Nous, les survivants des vrais fidèles qui n'offrent nul sacrifice que la prière dans nos cœurs, fûmes persécutés par les prêtres du Serpent. C'est sur leur ordre que les hommes blancs qui se frayaient un chemin jusqu'ici, environ une fois par siècle, étaient torturés et tués. La princesse Hita ici présente, qui pratique la vraie foi, n'osa pas retenir ses esclaves noirs, descendants d'une race de captifs, par crainte de la vengeance des prêtres du Serpent son peuple. Mais il y a cinq jours le maléfique Kammoda mourut et la cité d'Ethnabasca se retrouva libérée en attendant qu'un nouveau prêtre soit envoyé d'Ellaborta, la capitale.

Il s'interrompit pour parler d'une voix lente et très impressionnante, de façon que, pensai-je, ceux parmi la foule qui avaient appris l'anglais par Jim Smith pussent le suivre.

– La princesse Hita est du Clan du Serpent et l'héritière du trône des Fendeks. Mais elle suit l'enseignement du bienveillant Dieu Inconnu, et quand son père mourut, il y a deux ans, les prêtres du Serpent élevèrent à sa place au trône sa demi-sœur, Thafti, pourtant plus jeune de deux jours, condamnant Hita à errer en exil jusqu'à ce qu'une certaine prophétie soit accomplie. Il y avait deux raisons à cela. L'une était que Thafti favorisait le culte cruel du Serpent. La seconde était que la princesse Hita ne pourra donner d'héritier au trône des Fendeks avant la venue de celui dont de vieilles prophéties ont parlé.

Car les femmes du Clan du Serpent ne peuvent s'unir qu'avec des hommes du Clan de l'Aigle ; or le Clan de l'Aigle fut exterminé lors de la rébellion d'il y a dix ans et aucun de ses hommes ne fut laissé en vie.

« Actuellement, Thafti, l'usurpatrice, est du Clan du Wallaby et hérite de sa mère, comme le veut notre coutume ; mais tous les clans obéissent aux prêtres du Serpent et les prêtres préfèrent laisser gouverner le Clan du Wallaby plutôt que de permettre au Dieu Inconnu de régner sur Fendika. Thafti peut épouser tout mâle du Clan du Poisson, mais étant défavorisée par la nature, elle n'a pas encore trouvé d'époux convenable.

« C'est ainsi que Hita doit errer en exil jusqu'à l'accomplissement de la vieille prophétie.

« Selon celle-ci, il viendra des régions extérieures de la Terre un mâle blanc du Clan de l'Aigle qui s'unira à la princesse Hita et l'installera sur son trône. Mais s'il régnera avec elle, la prophétie ne le dit pas. Ilait sembler donc, Gowani, que vous soyez l'époux prédestiné de la princesse Hita ici présente...

« Et maintenant vous devez donc aller avec elle à Ellaborta une fois que la reine Thafti et ses conseillers auront été avisés de l'accomplissement de la prophétie, et réclamer le trône au nom de la princesse.

Il conclut là-dessus, et une telle tempête d'applaudissements éclata alors que je sus que l'anglais

avait été plutôt abondamment étudié parmi les exilés...
Je lançai un regard en direction de Hita.

Elle me regardait assise sur le banc de pierre, mais ses yeux s'abaissèrent et une légère rougeur se répandit sur son visage et sur sa gorge. Soudain le vieil instinct d'aventure que j'avais perdu durant les privations du long voyage dans le désert se raviva en moi, attisé par cette femme, la plus belle que j'eusse jamais vue, et je me jurai de lui conquérir son trône et de la faire mienne !

Sur ce, je jetai un coup d'œil à Sewell et vis qu'il m'observait avec un mauvais regard de colère. Je me rendis soudain compte que j'allais devoir faire face à sa rivalité. Il avait pensé être le meneur de cette aventure qu'il avait préparée et il ressentait maintenant la jalousie typique de ses pareils vis-à-vis d'un homme qui avait involontairement supplanté pris sa place.

Nasmaxa attendit l'apaisement des acclamations, puis se tourna à nouvau vers moi.

– Il y a beaucoup à faire et nombre de périls à surmonter avant que vous puissiez réclamer la princesse Hita pour épouse, dit-il. Jusqu'à Ellaborta, vous pouvez voyager en sécurité, car nul n'osera vous molester ouvertement. Mais les prêtres du Serpent et l'usurpatrice Thafti ne restitueront pas leur pouvoir s'ils peuvent mettre le peuple de leur côté. Bien que le peuple les haïsse, ainsi que leurs cruels sacrifices, il vous faut comprendre que les prêtres du Serpent sont soutenus par les féroces cavaliers de Thaxas, le prince d'Avia, alors que nous n'avons que les fantassins d'Aonoria, dont cette cité fut jadis la capitale, et qui sont, eux, désunis.

– Par conséquent – il tendit les bras au-dessus de moi –, prions, mon fils Gowani, pour que le Dieu Inconnu vous ait en sa garde, vous et la princesse Hita, afin que cette mission soit accomplie et que les prêtres du Serpent soient bannis à jamais du pays des Fendeks... !

Chapitre VII
Graine de trahison

Je fus touché par ces paroles et par l'attitude de la petite foule autour de nous, pour la plupart, comme je l'appris par la suite, des exilés de noble naissance qui avaient volontairement suivi Hita dans son voyage vers les ruines d'Ethnabasca.

Thafti et les prêtres du Serpent étaient cruels et sans scrupules, mais ils n'avaient pas osé affronter la colère populaire qui aurait suivi l'emprisonnement ou la mort de Hita, ni l'inévitable révolte des Aonoriens, car la mère de Hita avait été aonorienne de naissance, princesse du Clan du Serpent et d'une lignée qui avait jadis régné sur tout Fendika de la capitale d'Ellaborta.

Nous nous agenouillâmes et la simple prière que le vieux Nasmaxa prononça en langue anglaise aurait fait honneur à n'importe quelle congrégation de fidèles chrétiens. Les adeptes du Dieu Inconnu étaient de simples déistes croyant en un esprit d'amour et de protection qui abhorrait les sacrifices. Je pense que, comme les anciens Athéniens, ils n'étaient pas loin de la vérité en ne donnant aucun nom à leur dieu...

Hita s'agenouilla à mon côté, dans son simple vêtement blanc, et nous tendîmes les mains en avant pour prier. Avec elle, je sentais que mon long voyage devenait positif, que tout allait bien. Le regard qui illumina son visage lorsque nous nous levâmes me dit que notre mariage pourrait devenir plus qu'une affaire d'État.

Suivit une simple cérémonie de fiançailles. Nous

nous fîmes face l'un l'autre dans le cercle de fidèles et le vieux Nasmaxa prit nos mains droites dans les siennes.

– Prenez-vous l'engagement, si vous réussissez à renverser l'usurpatrice Thafti et les prêtres du Serpent, de prendre cette vierge Hita pour épouse et d'en faire la reine des Fendeks selon la loi des Fendeks et les coutumes de Fendika ? demanda-t-il.

Quand j'eus acquiescé, il poursuivit :

– Prenez-vous l'engagement, princesse Hita, que si vous êtes placée sur le trône des Fendeks, d'épouser cet homme du Clan de l'Aigle, ainsi qu'il sied à une vraie fille du Clan du Serpent ?

Hita murmura son assentiment. Elle ne me regarda pas avant que nos mains fussent jointes et Nasmaxa prononça quelques mots d'un rituel archaïque ; puis elle leva les yeux et de nouveau un rouge vif colora son visage, faisant bondir mon cœur.

Après quoi nous fûmes conduits, non plus captifs mais libres, à une maison en pierre à l'extrémité de la rue, non loin du petit temple. Ce fut là, l'après-midi et les jours suivants, que les chefs de notre groupe d'exilés nous rendirent visite.

J'appris qu'il faudrait deux semaines pour que parviennent à Ellaborta les messagers informant la reine Thafti de notre arrivée. Probablement se passerait-il une autre semaine de débats animés dans la capitale, d'où on enverrait ensuite une garde d'honneur nous chercher. Nous avions donc une période d'environ cinq semaines devant nous. Je résolus de passer ce temps à me familiariser avec la langue fendek qui, me dit-on, était très similaire à l'avien et à l'aonorien et pouvait donc s'apprendre facilement en parallèle. Nasmaxa suggéra aussi qu'on espérait obtenir la visite de quelques-uns des chefs des Aonoriens, ou parti populaire, avant notre départ pour se mettre d'accord sur des décisions au cas où Thafti refuserait de céder le trône à Hita, comme c'était moralement certain.

Mais, au fur et à mesure que les jours passaient, il apparut, ce que ma connaissance grandissante de la situation me soufflait aussi, que mon arrivée et mon statut de champion de la cause de la princesse Hita risquaient fort de plonger le pays dans une sanglante guerre civile...

Par Nasmaxa j'appris la cosmogonie de ce pays sous la surface du globe, d'après les annales de l'antique sagesse. Il apparaissait que la Terre, comme un certain nombre de nos savants l'avaient soupçonné, n'était pas une sphère solide, mais creuse. La force centrifuge imprimée par sa rotation en avait creusé l'intérieur au point qu'il y avait une croûte superficielle, d'une épaisseur n'excédant pas quelques kilomètres à l'Équateur, qui augmentait progressivement jusqu'à former une masse solide à chaque pôle. Les anciens savants qui avaient imaginé que l'entrée de l'intérieur de la Terre se trouvait aux pôles, et qui donc avaient été déconcertés de ne rien trouver quand on avait atteint les Pôles Nord et Sud, n'avaient pas pensé que, puisque la rotation de la Terre s'effectuait le long d'un axe, les points nord et sud étaient stationnaires et qu'en conséquence la force centrifuge n'avait aucune influence dans ces directions.

Bien sûr, les pôles n'étaient pas les vrais points de passage de l'axe terrestre, mais, grosso modo, il y avait un diamètre creux de presque douze mille huit cents kilomètres à l'Équateur, diminuant à mesure qu'on allait au nord et au sud, le tout formant une sphère concave à la surface intérieure de laquelle la vie existait avec une profusion extrême.

Ceci, naturellement, expliquait nombre des contradictions inexplicables de la géologie. Cela démontrait comment les perturbations de cette mince croûte produisaient des séismes. On avait jadis supposé à tort que nous vivions sur une mince croûte reposant sur une fournaise ardente. Mais comment l'homme aurait-il pu vivre à l'extérieur d'une boule ardente ? La lave fluide des volcans était fondue non par des feux intérieurs, mais par la pression qui, tour à tour, soudain relâchée, engendrait de la chaleur.

Néanmoins, il y avait de la chaleur et de la lumière à l'intérieur, toutes deux produites par un petit soleil interne, Balamok, au diamètre qu'on pouvait estimer à huit cents kilomètres et qui se contractait petit à petit en rayonnant sa chaleur sur toute la concavité intra-terrestre. Mais ce soleil avait rarement été vu par es mortels, la faute aux nuées permanentes engendrées par la vapeur de l'eau d'infiltration qui le voilaient et interceptaient ses rayons ardents.

Annoryii, comme on appelait ce monde intérieur, était une contrée couverte en permanence par des fougères géantes et où de féroces monstres rôdaient sous la lumière voilée d'un jour perpétuel.

Car il n'y avait évidemment ni saisons ni nuit sous l'œil de Balamok... Notre premier sommeil suscita donc la plus grande stupéfaction chez les Fendeks, qui, eux, se plongeaient simplement dans un état de torpeur semi-comateux quand le besoin les en prenait. Ils passaient quelque six heures sur vingt-quatre dans cet état, ne sombraient jamais dans l'inconscience absolue et pouvaient rester éveillés des jours de suite sans inconvénient.

Il me vint vite à l'esprit que notre besoin de sommeil pouvait se révéler une dangereuse faiblesse dans des circonstances critiques...

J'appris par Nasmaxa que les Fendeks possédaient de nombreuses inventions dénotant un haut degré de culture. Ainsi, bien qu'il parlât d'épées et de boucliers, comme si les armes à feu lui étaient inconnues, j'appris qu'il existait des machines volantes — ou du moins c'est ce que je déduisis — et de nombreux engins mécaniques qui nous étaient inconnus, utilisés principalement pour la construction.

Nous étions des invités libres et honorés, sauf pour une seule chose... Il avait été en effet dans mes intentions, à des fins exploratoires, de tenter de revenir sur nos pas jusqu'au sommet de la grande montagne. Mais sur la large plate-forme intermédiaire je tombai sur une garde de Noirs alignés avec lances et boucliers. Ils me saluèrent, levant leurs boucliers au-dessus de la tête et lançant des cris... Mais impossible pour moi d'aller plus loin !

L'attitude de Sewell m'intrigua également ces jours-là. Il devait avoir sur lui de prodigieuses réserves de drogues, car il paraissait être constamment sous leur emprise. Il était redevenu apathique et irritable, sans la moindre inclination à écouter les plans que je lui suggérais.

Le sachant lâche de nature, je fus surpris qu'il parût accepter notre situation, tant je m'étais attendu à ce qu'il tentât de s'échapper dans le désert plutôt que d'affronter les dangers inconnus qui nous guettaient.

Je remarquai qu'il s'employait à fréquenter les exilés fendeks, parmi lesquels il ne tarda pas à produire une impression favorable. Je me rendis compte aussi qu'il n'y avait guère d'espoir de coopération de sa part... Sewell n'aborda jamais plus ses projets comme il l'avait fait l'autre nuit dans la tente, et je me vis contraint d'attendre sa prochaine action qui, je le soupçonnais, ne serait pas amicale.

Le vieux Nasmaxa avait ses propres soupçons à ce sujet. Il vint une fois à notre maison et croisa les bras sur sa poitrine en signe de salutation.

– Gowani, je voudrais vous parler... dit-il en jetant un coup d'œil à Sewell qui gisait abruti par la drogue, ronflant bruyamment et respirant avec peine.

Une fois hors de la petite maison, il posa la main sur mon bras et dit gravement :

– Qui est cet homme qui est votre serviteur, Gowani ? Quel est son clan ?

– Il n'est pas mon serviteur, mais mon camarade, répondis-je. Il m'a accompagné pour extraire de l'or des rochers, car on l'utilise comme moyen d'échange chez notre peuple.

– Oui, je le sais, répondit Nasmaxa. C'est dans ce but que Jimsmith était venu au pays des Fendeks. Cette coutume, vous la tenez en réalité de nous, car nous aussi nous cherchons le *toclansi* — il voulait dire par là l'électrum ou alliage d'or et d'argent qui se trouvait en abondance dans le pays des Aonoriens. Mais n'y a-t-il donc pas de clans parmi votre peuple ?

– Si, répondis-je, mais ils ne régissent pas les mariages. L'homme d'un clan peut épouser n'importe quelle femme de son clan ou d'un autre.

Il eut un geste d'horreur.

– Quelle étrange coutume... murmura-t-il, dissimulant poliment sa répugnance. Donc vous ne savez pas qu'étant un homme sans clan, comme il en existe effectivement parmi nous, votre camarade Séwoul peut devenir à sa guise membre de n'importe quel clan parmi les Fendeks ?

– Ah non, je le savais pas, répliquai-je avec indifférence.

– Mais tel est le cas. Je crains qu'il soit malintentionné à votre égard...

– Et ?

– Tenez-le à l'œil ! Je comprends les liens de camaraderie et abject est l'homme qui les brise ! Cependant, si des signes de trahison apparaissent, mettez-le à mort sans scrupules, sinon vous aurez de la peine à l'emporter sur Thafti et les maudits prêtres du Serpent ! Car les gens vous considèrent avec crainte comme des êtres de l'autre monde sans se douter de ce que nous autres hommes sages savons : que vous êtes des hommes comme nous. Une graine de trahison, dit-il solennellement, est comme l'écorce de l'arbre *adaura* ; plongée dans l'eau du mauvais conseil, elle enfle pour devenir une montagne.

– Je me souviendrai de votre conseil, Nasmaxa, répondis-je.

Ce fut tout ce qu'il dit sur le moment. Mais deux jours plus tard un événement se produisit, qui souleva des espoirs chez nous tous.

Chapitre VIII
En marche

L'arrivée de Sar, le jeune prince des Aonoriens, qui, en réponse à nos appels, avait parcouru à marches forcées six cents kilomètres de désert avec un corps de garde de cinquante hommes montés sur des lamas, fut un événement de première importance.

C'était un jeune homme de vingt ans à peine, monté sur le trône l'année précédente à la mort de son père Metaxastahaba, et qui, me dit Nasmaxa, était décidé à reconquérir pour Aonoria l'ancienne liberté qu'elle avait avant la domination des Fendeks. Avec ses cheveux blonds bouclés, ses yeux bleus et son expression résolue, il me fit une impression très favorable.

Une réunion fut convoquée sur-le-champ et il y eut d'ardents débats contradictoires. Avec l'exubérance de la jeunesse, Sar était catégoriquement opposé à notre départ pour Ellaborta, à moins que nous fussions accompagnés d'une armée.

- De ma capitale Zelryii, seigneur Gowani, dit-il, je peux lancer contre les murs d'Ellaborta une armée de quarante mille fantassins en aussi peu de temps qu'il vous faudra pour traverser le désert. Une armée pacifique, dit-il avec un petit rire, qui néanmoins vous y rejoindra pour donner plus de poids à vos exigences auprès de Thafti et des prêtres du Serpent sous la coupe de Ptuth, le magicien qui tient tout l'empire dans la crainte. Autrement, la princesse Hita et vous succomberez sûrement aux artifices de Ptuth...

À ces mots, les exilés poussèrent des cris et bondirent de leurs sièges en faisant de grands gestes.

– Nombreux sont ceux qui se joindront à nous des confins fendeks ! hurla l'un d'eux.

– Et moi j'ai cinquante partisans qui me sont toujours loyaux dans mon exil ! s'écria un autre.

Mon frère qui administre mes terres s'engagera de notre côté avec cent hommes et des lamas de somme !

Nasmaxa se leva et ils se calmèrent, le regardant avec empressement.

– Nous ne devons pas oublier, dit-il, que nos chances résident principalement dans le peuple d'Ellaborta. Que peuvent l'ardeur et le droit contre les cavaliers de Thaxas ? Avons-nous des chevaux et pourraient-ils vivre ? Peut-on en élever dans le désert aonorien où il y a peu de pâturages ?

« En admettant qu'on vienne à bout de ceux-ci, n'oubliez pas les cinquante guerriers volants du magicien Ptuth... ! Nul autre que Ptuth et les prêtres du Serpent ne connaissent le secret par lequel ils peuvent se déplacer dans les airs. À eux seuls, ils peuvent mettre en déroute toute force qui leur serait opposée et c'est sur eux que repose le pouvoir de Thafti l'usurpatrice.

Un profond découragement se manifesta quand la force de ses mots faisait mouche dans l'assemblée. À moins qu'on puisse apprendre ce secret ou que Ptuth et ses acolytes soient maîtrisés, il était clair que notre cause était vouée à l'échec.

Hita se dressa tout à coup et je fus étonné par l'expression d'autorité qui se peignit sur son visage.

– Nasmaxa et vous, Sar, prince des Aonoriens,

recevez mes remerciements pour vos sages conseils, dit-elle. Prince Sar, j'accepte en partie votre offre. Vous rassemblerez ce que vous pourrez de troupes à la frontière aonorienne. Mais vous ne les conduirez pas de l'autre côté si je ne vous appelle pas, car je ne veux pas plonger mon empire dans la guerre si on peut l'éviter.

« Vous, Nasmaxa, et vous, mes amis, accompagnerez mon seigneur Gowani et moi-même à Ellaborta en tant que garde d'honneur, si un tel risque ne vous effraie pas. Mais nous nous reposerons principalement sur la justesse de notre cause et sur l'assurance que le Dieu Inconnu est plus puissant que les prêtres du Serpent et peut les renverser, fussent-ils retranchés derrière tous les artifices maléfiques de Ptuth !

À ces mots tous bondirent et leurs acclamations lui firent écho.

Le prince Sar partit lors de ce qui correspondait ici au jour suivant, et deux jours plus tard l'escorte de Thafti, qui consistait en douze hommes montés sur des lamas et commandés par un capitaine, se présenta pour nous prendre en charge. Parvenu ici, il me semble mentionné comme familiers de nombreux noms d'hommes et de lieux qui ne diront pas forcément quelque chose à qui tombera sur ce récit. Je les récapitule donc brièvement :

L'Empire des Fendeks, avec ses provinces vassales d'Avia, soutenant Thafti, et d'Aonoria, soutenant Hita.

Ellaborta, capitale de Fendika, et Ethnabasca, l'antique capitale en ruine d'Aonoria.

Thafti, la princesse usurpatrice et Hita, l'héritière légitime et dépossédée.

Les partisans de Thafti : Thaxas, le prince des Aviens, avec ses sauvages cavaliers, et Ptuth, le prêtre du Serpent, avec sa troupe de guerriers volants.

Les partisans de Hita : Sar, le prince des Aonoriens, de nombreux nobles exilés, la majeure partie de la population de Fendika et presque toute Ellaborta.

J'eus un long entretien avec Nasmaxa avant notre départ, au cours de la plus grande partie de ce qui correspondait pour moi à la nuit, et il m'éclaira sur la situation politique de l'Empire Fendek.

Il apparut que les trois prêtrises inférieures, celles du Poisson, du Wallaby et de l'Ornithorynque, étaient sous le contrôle des prêtres du Serpent, avec Ptuth à leur tête. Et l'origine de ces prêtres était singulière...

Selon les traditions des sages qui, seuls, savaient que la Terre, Annoryii, était une sphère creuse, Balamok, le soleil voilé, tournait à la même vitesse que la Terre elle-même — ce qui, bien sûr, était évident pour moi parce qu'il en était partie intégrante... Il en découlait que Balamok avait toujours la même face de son orbe regardant la même face intérieure de la Terre. Mais on supposait que l'autre face de Balamok était sombre, c'est-à-dire que la chaleur interne du petit soleil était inégalement répartie, en sorte qu'une croûte sombre, comme la grande tache rouge de Jupiter, s'était formée sur l'autre face. Il y avait donc une région de ténèbres perpétuelles. C'était là que se trouvait la fabuleuse cité des ténèbres, dont les prêtres du Serpent étaient originaires.

Ceux-ci avaient été originellement une caste de guerriers qui avaient appris le secret du vol aérien puis qui, ayant franchi la limite des rayons ardents de Balamok, avaient atterri en terre fendek et s'étaient rendus maîtres du pays. Par leur pouvoir de voler et autres arts magiques, ces prêtres avaient maintenu le peuple dans la terreur. Ptuth était censé avoir le pouvoir de dévoiler la face de Balamok, un événement qui s'était produit une ou deux fois dans les annales humaines, les rayons ayant causé la mort de milliers de gens, car, comme l'avait dit le vieux Joe, les habitants de l'intérieur de la Terre ne pouvaient supporter la lumière solaire. Sinon ils auraient également envahi la surface terrestre...

Ptuth était ainsi le véritable souverain du pays, et il était certain qu'il ne permettrait pas que Thafti, sa protégée, rendît ses pouvoirs face aux sommations d'une poignée d'exilés. Par conséquent nous devions être des plus circonspects dans nos plans et être constamment à l'affût d'une perfidie.

Tous les exilés souhaitaient nous accompagner ; il y eut une scène pathétique quand il fut nécessaire de choisir ceux qui allaient faire le voyage. Mais Hita et Nasmaxa insistèrent, et je fus d'accord, pour qu'un certain nombre d'entre eux restent en arrière pour protéger Ethnabasca contre les Noirs. Cette race avait jadis été réduite à l'esclavage, puis bannie de l'empire, sauf en bordure des frontières les plus lointaines ; ils étaient serviles mais voleurs de caractère ; c'était une race située ici au bas de l'échelle et utilisée seulement comme pisteurs et gardes du corps.

On estima aussi nécessaire d'avoir un noyau de nos partisans à Ethnabasca au cas où un événement malencontreux l'imposerait. Là, dans les collines et les cavernes locales, il était possible de défendre les intérêts de Hita.

Nous nous mîmes donc en route sur des lamas, Nasmaxa nous accompagnant avec quelques douzaines d'hommes et Sewell restant derrière nous. Je remarquai que Sewell était constamment en compagnie du chef de l'escorte et qu'ils discutaient pas mal entre eux, mais je m'en préoccupai moins que je ne l'aurais dû. Nous étions tous armés d'épées mais ne portions pas de boucliers, ce que l'étiquette interdisait à une ambassade. Hita m'avait présenté une arme splendide, une pièce d'acier magnifiquement trempée avec un serpent incrusté dans la lame sous forme d'une feuille d'électrum jaune.

La traversée du désert nous prit quatorze jours. Je parle de jours, mais il faisait ici évidemment jour en permanence. Notre besoin d'un sommeil périodique étonna donc notre escorte tout autant qu'elle avait étonné les exilés. Il était coutume de passer la journée en faisant alterner trois heures de marche et trois heures de torpeur durant lesquelles les Fendeks reposaient par terre dans un état de méditation rêveuse. Cette habitude était partagée par les lamas et, comme je l'appris plus tard, par tous les êtres vivants dépassant le stade inférieur du serpent.

Je pense que les Fendeks ne perdaient en réalité jamais conscience. Je me souviens, le premier jour où je dormais par terre, avoir été réveillé par un cri soudain de Hita. Je me redressai et la vis à genoux, les mains jointes, à côté de moi, la terreur marquant son visage.

Elle était en pleurs.

– Seigneur Gowani, je pensais que vous étiez mort... ! sanglotait-elle.

Quand je lui expliquai la chose, dans mon fendek hésitant, elle fut plus étonnée que jamais. Car, bien qu'elle eût déjà entendu parler de notre étrange habitude, elle ne m'avait jamais véritablement vu endormi... Sur quoi elle me dit quelque chose qui, si je l'avais mieux compris sur le moment, m'aurait évité bien des souffrances...

– Je pense, seigneur Gowani, que vos vies doivent être à demi gaspillées. À moins qu'elles soient plus longues que les nôtres ?

Nous parcourûmes ainsi des solitudes pierreuses, réplique du Grand Désert Victoria sous nos pieds et ne faisant sans doute qu'un avec lui. L'Œil de Balamok était toujours voilé de nuages et on m'expliqua que dans les régions fertiles les brouillards enveloppaient généralement la surface durant des jours d'affilée.

Sachant maintenant que le centre de gravité se trouvait au milieu de l'écorce terrestre et non au centre de la sphère creuse, je me rendis compte sans surprise que notre position était aux antipodes de celle qui avait été la nôtre dans le Grand Désert Victoria.

Insensiblement, en descendant des montagnes, nous nous étions renversés jusqu'à marcher littéralement tête en bas et le regard tourné vers l'orbe voilé qui nous donnait lumière et chaleur. Le désert fuyait constamment sous nos pieds à mesure que nous avancions vers le cœur de la boule creuse. Bientôt des signes de verdure se manifestèrent et les nuées s'abaissèrent. Nous traversâmes un pays de pâturages rempli de grands troupeaux de lamas. Celui-ci céda à son tour la place à une forêt de gigantesques fougères arborescentes. Nous empruntâmes une large voie pratiquée à travers cette jungle, passant occasionnellement devant des villages et de petites villes entourées de murs dans des espaces dégagés, mais sans avoir l'autorisation y entrer, probablement à l'instigation de Thafti et de ses conseillers. Au soir du quatorzième jour, ainsi que j'indiquerai les périodes de quatre marches, nous campâmes enfin à l'extérieur d'Ellaborta.

Chapitre IX
Le dernier mot

Le matin suivant fut clair. Sous le ciel de nuages bas, uniformément gris, nous apparut la capitale. Ellaborta était située dans une large plaine où la forêt de fougères se prolongeait le long des deux cours d'eau qui la traversaient. Elle était ceinte d'une muraille, de toute évidence formidable, percée à brefs intervalles d'entrées massives. Sa partie centrale était occupée par une grosse masse de bâtiments aux toits d'électrum.

Sewell et moi avions occupé des tentes séparées tout au long du voyage. Nous nous étions à peine parlé, mais ces derniers jours j'avais remarqué qu'il s'efforçait de renouer avec moi. Il saisit l'occasion pour chevaucher à mes côtés.

- Ronald, mon vieux, dit-il, il y a aurait comme un malentendu entre nous depuis... depuis que vous m'avez soupçonné d'avoir facilité la délivrance du pauvre vieux Joe Mulock, n'est-ce pas ?

- C'est ça, répondis-je.

- Bien sûr, poursuivit-il, vous êtes maintenant le maître et vous pouvez littéralement me faire tout accepter quand vous le voudrez. Mais vous devez reconnaître que c'est moi qui vous ai conduit ici. Qui vous en a parlé, vous vous rappelez ?

- Et alors ? fis-je.

- Vous vous souvenez de notre discussion cette nuit-là dans la tente ? Je vous ai dit que nous dépouillerions ces imbéciles jusqu'à l'os. Vous m'avez dit de tout oublier à propos des reines blanches et du reste. Vous avez dit que vous, vous étiez venu à la recherche de l'or. Vous avez dit que vous me suiviez dans les limites de notre accord. Est-ce correct ?

– C'est ça, répondis-je. Mais si vous en veniez au fait et m'éclairiez sur ce à quoi vous voulez en venir ?

– Il y a assez d'or pour ferrer ces lamas, dit Sewell. Il y a assez d'or sur ce toit de ce temple pour faire de nous des millionnaires ! Jouons le jeu de ces sauvages — ce sont des sauvages blancs, rien de plus — et gardons l'or comme objectif premier et permanent. Si nous pouvons organiser une caravane, nous pourrons le ramener à travers le Grand Désert Victoria. Ensuite nous pourrons revenir avec des Maxims et des Gatlings pour nettoyer les lieux. Qu'en dites-vous ?

– Je dis que notre accord a pris fin avec la mort du vieux Joe, répondis-je. J'ai fait de mon mieux pour assurer votre sécurité depuis ; je vais continuer à faire de mon mieux pour vous. Vous pouvez repartir. Si vous le pouvez. Ou vous pouvez rester avec moi. Mais nous ne sommes plus partenaires. Nous menons des entreprises différentes. Est-ce bien clair ?

Il me jeta un regard mauvais.

– Oh, parfaitement, Gowan, répondit-il. Mais avez-vous réfléchi que nous pouvons être deux à jouer le même jeu ? Souvenez-vous, je comprends ces gens, leur origine et ce qu'ils représentent. Vous faites une grosse erreur. Vous vous en rendrez bientôt compte. C'est votre dernier mot ?

– C'est mon dernier mot en ce qui vous concerne, répliquai-je.

Il fronça les sourcils, puis un sourire sinistre illumina

son visage, comme s'il méditait l'exécution de plans déjà en voie de réalisation. Il freina son lama pour chevaucher désormais derrière moi.

Nous approchions d'Ellaborta par une route blanche maintenant flanquée d'une foule dense. On nous lançait des cris accueillants, comme si les nouvelles de notre venue et de son but étaient déjà du domaine public. On se pressait autour de nos lamas malgré les fouets dont notre escorte harcelait sans pitié ceux qui pourtant nous saluaient et nous jetaient des fleurs.

Soudain les grandes portes s'ouvrirent devant nous et il en sortit au galop une troupe de guerriers à cheval. Ils portaient des corselets en cuir lourdement repoussés de plaques d'acier et avaient de longs sabres. Des hommes sombres, pour la plupart, aux longs cheveux ramenés en arrière et aux barbes frisées coupées court autour du menton : des Aviens, les fameux gardes du corps de Thaxas.

Leurs chevaux me coupèrent le souffle. C'étaient des bêtes énormes, presque aussi grandes que des éléphants, cuirassées d'une triple épaisseur de cuir et aux flancs protégés de plaques de fer. Mais leurs sabots, qui étaient ferrés du même électrum, se partageaient en trois.

C'était le cheval à trois orteils des temps préhistoriques, une survivance locale, et par la grâce d'une loi de développement compensatoire, parvenu ici à une taille prodigieuse.

Ils s'élancèrent sur le terrain plus vite qu'un train et, avec des cris féroces, les guerriers de Thaxas foncèrent sus aux gens, les sabrant et en laissant beaucoup sur le carreau tandis que les premiers rangs de la populace en fuite laissaient une traînée sanglante derrière eux.

En un clin d'œil, la voie fut déserte et la cavalerie

de Thaxas, se mettant en colonnes de six devant nous, ouvrit la marche au-dessus des douves de l'entrée.

Le pont-levis enjambait un majestueux cours d'eau qui serpentait dans la partie basse de la capitale. De chaque côté s'érigeaient les puissantes murailles de pierre. Nous pénétrâmes à l'intérieur et suivîmes une large avenue, alors absolument déserte — quoique je sentais bien que des yeux nous observaient à chaque fenêtre — jusqu'au grand amas de bâtiments couronnant le sommet de l'éminence modérée sur laquelle nous chevauchions.

Les demeures élevées s'interrompirent enfin brusquement de chaque côté et nous pénétrâmes dans un majestueux quadrilatère entourant une colline basse au sommet plat, seule éminence notable à des kilomètres à la ronde. C'était là le cœur d'Ellaborta, à la fois donjon et centre administratif et religieux.

La colline avait une puissante enceinte avec, tout autour, un espace dégagé d'une centaine de mètres, visiblement dans un but défensif. À l'intérieur de ce centre se dressait le grand temple au toit en électrum avec autour de lui des temples plus petits ; d'un côté il y avait une bâtisse massive que je jugeai à juste titre être le palais et de l'autre la salle du conseil, construite comme le Parthénon, sans portes pour garder les entrées ménagées dans les murs de granit.

Jetant un coup d'œil en arrière tandis que nous quittions la cité proprement dite, je vis que la populace avait abandonné les maisons pour fourmiller à nouveau à l'extérieur et restait assemblée au bord du quadrilatère à nous observer. Il y avait quelque chose d'inquiétant dans son silence empreint de crainte.

Nous franchîmes un autre passage, gardé par des guerriers fendeks portant épées et boucliers et, ayant mis pied à terre, poursuivîmes notre chemin sur un escalier aux longues marches menant au sommet.

Arrivé là, je m'arrêtai involontairement pour admirer le spectacle qui s'offrait à nous. Le grand temple du Serpent, enchâssé dans un bosquet d'arbres nains, ne perdait rien à être vu de près. Ses proportions massives et ramassées, comme celles d'un temple assyrien, avaient atténué l'effet produit par sa hauteur. Pourtant il s'élevait au-dessus de tout le reste et son dôme en or semblant flotter dans les airs tant il était perché avec grâce, dominait l'ensemble.

Sous le dôme se détachait l'image en or d'un serpent lové, ou plutôt d'un de ces monstres antédiluviens que nous avions vus à l'entrée de ce monde enseveli. Sur chaque côté du parallélogramme se trouvait un temple plus petit, une réplique miniature de l'autre, et dont le culte associé à chacun d'eux pouvait se déduire d'après les effigies d'or figurant sur les murs.

L'un était le temple du Wallaby, un autre le temple du Poisson, un autre le temple de l'Ornithorynque. Le quatrième, qui se dressait à l'arrière, et donc invisible à nos yeux, était celui de l'Aigle.

Nos gardes aviens nous avaient quitté, descendus de cheval aux entrées intérieures, conformément à l'étiquette qui proscrivait la présence de cavaliers dans les limites de la citadelle. Précédés de nos hommes sur leurs lamas, nous traversâmes le quadrilatère vide dans un silence total et impressionnant. Tous les lieux avaient été désertés.

Nous nous arrêtâmes devant la salle du conseil. Une trompette sonna et en un instant une immense multitude, toute revêtue de capes écarlates — la couleur de la reine Thafti, comme je le découvris par la suite —

se déversa dans les lieux pour former une double rangée entre nous et l'entrée principale.

Ensuite, s'avançant lentement, une vingtaine de prêtres en robes jaunes, aux crânes aussi nets que des boules de billard, prit place de chaque côté de la voie. L'un d'eux brandissait au-dessus de sa tête une bannière représentant un des monstres hideux du lieu des sacrifices. Sous celle-ci, un homme âgé, rasé de près, la tête tondue, vêtu d'amples vêtements jaunes et chaussé de bleu, m'observait.

Il aurait pu avoir un siècle, si ridé était son visage de parchemin. Mais ses yeux noirs aux orbites soulignées de rouge brûlaient d'un feu sournois.

Je reconnus en lui Ptuth, le magicien maléfique, chef des prêtres du Serpent.

À nouveau, la trompette retentit. Notre escorte se remit en marche et s'arrêta à l'entrée de la salle du conseil.

Ptuth s'avança à grands pas et s'inclina profondément devant Hita.

– La reine Thafti vous souhaite la bienvenue, ô princesse. Et à vous aussi, chef du Clan de l'Aigle, dit-il.

Il nous entraîna à l'intérieur. C'était une salle massive ne renfermant rien d'autre qu'un cercle de sièges en pierre recouverts de coussins écarlates avec, au centre, deux trônes en or. Au premier abord je ne distinguai pas grand-chose, mais une éruption de lumière douce éclata tout à coup, comme un soleil, émanant d'une source inconnue incrustée dans les murs et m'aveuglant ou presque après l'obscurité.

J'entendis alors la voix de Sewell susurrer à mon oreille :

– Gowan, ces trônes sont aux quatre cinquièmes

d'or pour un cinquième d'argent... Réfléchissez !
Réfléchissez ! Ne soyez pas idiot ! Agissez promptement
et vous changerez d'avis !

Les mots traversèrent ma conscience comme du vent.
Hita et moi nous tenions côte à côte, face aux trônes. À
l'extérieur du cercle de bancs de pierre s'était rassemblée
l'escorte, avec la foule des courtisans de Thafti,
resplendissants d'écarlate. Ptuth s'assit sur son trône,
avec les prêtres du Serpent alignés derrière lui, leurs
capes jaunes flamboyantes dans la pièce brillamment
éclairée.

Devant le second trône se tenait une femme voilée
portant une cape écarlate sur des robes blanches ornées
de wallabys tissés. Thafti l'usurpatrice, reine de Fendika.

Chapitre X
Conseil de reines

Hita s'inclina profondément devant elle et j'imitai ses gestes, croisant mes mains sur ma poitrine comme j'avais appris à le faire.

Salutations, ma sœur, dit-elle simplement, rendant honneur à Thafti, mais pas à la reine.

Je ne distinguais rien du visage de Thafti, complètement caché sous son voile blanc, mais elle affichait un port royal, elle était posée tout en étant prête à prendre une décision imminente. C'était une femme au maintien magnifique et reine jusqu'au moindre centimètre dans sa vêture d'écarlate et de blanc.

Puis la voix de Thafti brisa le silence et son timbre mélodieux sonna avec un tintement de clochettes d'argent.

- Salutations, ma demi-sœur, dit-elle en appuyant sur le suffixe pour souligner la parenté et en utilisant, non sans me surprendre, la particule qui indique l'égalité au lieu de celle indiquant qu'on s'adresse à un inférieur. Et à vous, Gowani, poursuivit-elle. Ainsi qu'à vous, Nasmaxa — elle resta tournée un moment vers l'endroit où se tenait le vieillard, en-dehors du cercle. Vos missives ont été reçues et ont été lues par mon conseil, mes prêtres et mes serviteurs. Nous les avons étudiées en détail dans notre empressement à remplir nos devoirs envers le royaume des Fendeks. Mais présentement, cette affaire étant d'un grand embarras, j'appelle une fois encore mes fidèles conseillers à me seconder.

Sur ce, elle regagna sa place sur le trône et instantanément la troupe en écarlate prit place avec tumulte sur les sièges en pierre. Leurs regards étaient hautains et moqueurs et ne présageaient rien de bon pour nous.

Je les vis tâter les longues épées qui pendaient à leurs côtés dans leurs fourreaux écarlates et soudain je réalisai combien notre situation était désespérée, piégés que nous étions parmi eux et avec les cavaliers de Thaxas tenant les portes dans notre dos.

Ptuth se leva de son trône et soudain l'immense salle fut plongée dans le silence.

– Reine Thafti, commença-t-il. Nous avons longuement et âprement débattu de cette question. Il est vrai que, grâce au charme opéré par le prêtre Nasmaxa qui n'a ni dieu ni autel, votre naissance fut retardée de deux jours par rapport à celle de votre sœur Hita, de sorte que celle-ci fut désignée comme héritière, conformément aux lois fendeks. Mais vu qu'elle refusa d'accomplir les sacrifices au Dieu Serpent, elle fut déclarée hors-la-loi et bannie de ce royaume.

« Qui plus est, comme il est connu de vous tous, il ne restait nul mâle du Clan de l'Aigle avec qui elle aurait pu convoler et ainsi donner un héritier au trône. Par conséquent, la couronner aurait signifié provoquer la fin de la dynastie. En raison de quoi il sembla juste au peuple de vous choisir pour reine, Thafti...

Sur ce, les courtisans, sentant quelle serait la décision qui se profilait, se levèrent de leurs sièges en brandissant leurs épées dans leurs fourreaux puisque l'étiquette leur interdisait de dégainer en conseil.

– Qui nous dit que cet étranger est du vrai Clan

de l'Aigle ? poursuivit Ptuth. Est-ce en vertu de la marque qu'il porte sur son bras, une marque du même genre que celle des lamas ? Qui nous dit que le Clan de l'Aigle du monde extérieur descend de celui de l'intérieur, d'Annoryii ? De plus, en venant ici, il s'est exposé au jugement de la loi qui proclame que tous les étrangers seront sacrifiés au Serpent. Je déclare donc, par conséquent, que ces hommes soient emmenés au temple du Serpent et qu'ils...

Il s'interrompit, car soudain à l'extérieur le quadrilatère résonna des cris d'une populace en colère.

Nous nous tournâmes pour regarder vers l'entrée. Toute l'enceinte était remplie d'une populace nombreuse, beaucoup de ces gens revêtus de capes bleues et certains, les plus pauvres, avec des pièces bleues cousues sur leurs vêtements. Ils se ruèrent en direction de la salle du conseil, brandissant des épées, des bâtons, des gourdins, portant des pierres, visiblement avec de mauvaises intentions.

– Hita ! hurlait-elle. Hita est la reine des Fendeks !

Instantanément, les courtisans s'étaient rués sur l'entrée et s'étaient alignés en rangs serrés, l'épée à la main.

Il n'était pas difficile de comprendre ce qui s'était produit. Profitant de ce que les cavaliers avaient mis pied à terre, la populace d'Ellaborta, probablement suite à un plan concerté, s'était jetée sur les portes intérieures.

En signe de sa victoire, elle portait bien haut, spectacle macabre, une tête de cheval dégoulinante de sang.

J'appris par la suite que seul un corps de garde des hommes de Thaxas se trouvait alors dans la capitale. La moitié de ceux-ci avaient été capturés et leurs chevaux soit tués soit chassés de la cité. Si grande était la crainte inspirée par ces monstres que nul n'osait s'essayer à les monter...

Mais l'autre moitié des troupes s'était mise à l'abri et chargeait maintenant la populace par l'arrière. Les grands chevaux, agiles comme des antilopes, sautaient dans la foule qui les gênait et une féroce bataille avait éclaté jusqu'à l'intérieur même de la porte centrale.

Parvenue à l'entrée de la salle du conseil, la populace s'arrêta un instant, faisant face aux rangs des courtisans. Puis, en une ruée soudaine, elle fut sur eux.

Les courtisans se battirent avec l'énergie du désespoir, mais si serrée était la foule, si forte la pression de la masse tassée que la ligne céda et se fractionna instantanément en petits groupes se tenant dos à dos et maintenant à distance un cercle d'Ellabortiens fous de rage.

Que les cavaliers l'emportent ou non à terme sur leurs assaillants, il était clair que les hommes de Thafti et de Ptuth et ses prêtres ne bénéficieraient que d'un bref répit. Ils se retrouvaient à leur tour cernés et à la merci des Ellabortiens.

Soudain Thafti, qui était restée jusque-là impassible sur son trône, se leva et s'écria :

– Arrête-toi, peuple d'Ellaborta ! Suis-je la reine des Fendeks ou non ? Ne dois-je pas être entendue ?

Un homme énorme, noir de la tête aux pieds, portant un tablier de tanneur, se précipita en avant du peuple.

– Oui, reine qui te voile la face, tu seras entendue ! Nous t'entendrons prononcer ton abdication en faveur de ta sœur Hita !

– Hita ! Hita, notre reine ! hurla la foule. Thafti jeta un coup d'œil par l'entrée dépourvue de battants. Il n'y avait nul signe des cavaliers de Thaxas et le quadrilatère était envahi d'un bout à l'autre par la populace en révolte.

La reine Thafti reprit la parole :

– Est-ce la coutume des Fendeks respectueux des lois de se battre ainsi dans la chambre du conseil ? Abaissez vos armes et assemblez-vous pour entendre mon jugement sur cette affaire !

– Oui, mais ou bien tu jugeras justement, ou bien on t'arrachera à ton trône, ainsi que Ptuth, cette maudite fripouille ! marmonna le tanneur d'un ton hargneux.

Je vis le visage blanc de Ptuth s'assombrir sous l'afflux du sang. Mais un moment plus tard, la populace se mit à se masser autour du cercle de bancs où les courtisans s'étaient à nouveau réunis. Davantage de gens affluèrent aux portes, jusqu'à ce que la salle du conseil fût aussi bondée que l'esplanade.

Preuve de la curieuse incohérence de la foule, j'entendis soudain des acclamations en faveur de la reine Thafti. Celle-ci reprit place sur le trône et, se penchant vers lui, murmura quelque chose à Ptuth qui acquiesça du chef. Je me demandai à ce moment-là quel sale tour le vieux démon était en train de nous mijoter.

Je ne devais pas tarder à l'apprendre...

Un prêtre se dirigea vers une porte à l'autre extrémité de la salle du conseil et ne tarda pas à en revenir, accompagné d'une vieille femme fendek qu'il amena au pied du trône de Thafti.

– Écoutez-moi, hommes d'Ellaborta ! s'écria Thafti d'une voix retentissante. Vous connaissez l'affaire en cours et comment ma demi-sœur Hita, ayant trouvé un homme du Clan de l'Aigle à épouser, réclame maintenant mon trône parce que née deux jours avant moi.

– Hita ! Hita notre reine ! hurla la foule.

– C'est Thafti la reine ! Écoutez la reine Thafti ! répliquèrent d'autres.

Thafti fit une révérence ironique.

– Je te remercie, mon peuple, d'avoir toujours foi en ma bonne volonté et en mes intentions honorables, dit-elle d'une voix posée.

Instantanément, la salle résonna des applaudissements de la foule. Thafti l'enjôlait. En vue de quel coup tordu de Ptuth, ça j'aurais bien aimé le savoir...

– Sache donc, mon peuple, poursuivit-elle de sa voix mélodieuse, que cette vieille femme ici présente est la nourrice qui était chargée de veiller à la fois sur moi et sur ma sœur à notre naissance. Elle parlera pour moi, et tu jugeras ce différend selon les anciennes lois des Fendeks.

L'espèce de vieille sorcière s'avança jusqu'au centre du cercle, ricanante et grimaçante, exposant ses gencives édentées. Mais sa voix était claire et, à en juger par l'aisance avec laquelle elle parla, il était évident qu'on lui avait parfaitement fait répéter son rôle.

– Je suis Ros Marra, dit-elle. Vous me connaissez tous, Fendeks ! Bien des années durant j'ai servi feu notre seigneur le roi ainsi que ses épouses princières.

– Oui, on te connaît bien, Ros Marra, la menteuse et l'arnaqueuse ! s'exclama le tanneur. Avec toutes les saletés que tu as cachées aux gens !

– J'ai servi mon maître, marmonna la vieille. Et maintenant écoutez cette histoire. Il y a un certain temps, vingt-neuf ans après la calamité du dévoilement de Balamok qui apporta la mort aux milliers de gens qui virent son œil brûlant, une princesse naquit de feu notre maître. Deux jours après une seconde princesse naquit à son tour. Et voici que mon seigneur, ayant examiné la seconde princesse, trouva à redire sur l'aînée parce qu'elle était moins favorisée par la nature. La première princesse était du Clan du Serpent, mais mon seigneur, qui dans son courroux avait fait tuer tous les hommes du Clan de l'Aigle, savait qu'elle ne pourrait jamais trouver de mari. La seconde princesse était, elle, du Clan du Wallaby et de nombreux nobles du Clan du Poisson pourraient donc l'épouser avec honneur. Donc mon seigneur donna des ordres pour que les princesses soient secrètement échangées...

– Ahhh !

La clameur jaillit dans la foule. Le penchant de celle-ci pour le dramatique était de plus impressionné par cette stupéfiante révélation.

– ... et me fit savoir que le secret ne devrait jamais être révélé sauf en cas de nécessité grave... !

Le tumulte devint indescriptible. Mais désormais c'étaient les Ellabortiens qui se retrouvaient divisés, les uns hurlant que la vieille femme mentait, les autres demandant bruyamment le silence.

– Maintenant vous savez, par le Dieu du Serpent, par le grand Œil caché de Balamok, par les Dieux du Wallaby, de l'Ornithorynque et du Poisson et, eh oui, par le Dieu de l'Aigle au temple vide, que la princesse Hita est la plus jeune et qu'elle appartient au Clan du Wallaby, tandis que la reine Thafti, elle, est votre légitime souveraine et en réalité du Clan du Serpent !

– Thafti reine ! hurla la foule. Que Balamok préserve la reine Thafti !

Ptuth s'avança et leva la main pour demander silence.

– En conséquence, ô Ellabortiens, dit-il, puisque cet étranger du Clan de l'Aigle est venu ici, selon l'ancienne prophétie, pour s'unir à notre princesse, il convient qu'il s'unisse à Thafti et gouverne avec elle le pays des Fendeks !

La foule mugit son approbation. La pauvre Hita était déjà oubliée. Ptuth était à la manœuvre. Il n'allait pas donner à la populace la moindre chance de se souvenir d'elle. Il estimait qu'il fallait battre le fer tant qu'il était chaud.

J'étais abasourdi. Je ne savais que faire devant la terrible tournure des événements et je voyais la malheureuse Hita tremblante à côté de moi. Sewell s'avança alors et je vis un regard de connivence bizarre passer rapidement entre lui et Ptuth.

Il s'exprima facilement en fendek, bien qu'il m'eût donné jusque-là l'impression de ne connaître que quelques mots de cette langue.

– Ô Ptuth, prêtre du Serpent, dit-il, admirable est ton jugement ! Cependant il n'est pas normal que la princesse Hita, à qui on a promis le mariage, soit de nouveau réduite à un inconsolable célibat. Puisque je suis un homme d'aucun clan — car les grands princes de mon pays sont sans clan, selon notre coutume — daignez m'accorder d'être reçu dans le Clan du Poisson afin qu'ainsi je puisse devenir l'époux de la princesse Hita...

Hita défaillit et eut un mouvement de recul vers moi. La foule devint frénétique à la perspective du double mariage. Maintenant la machination de Sewell se révélait à moi... Il voulait devenir l'époux de Hita pour ensuite, quand l'occasion se présenterait, la déclarer reine légitime.

Un sourire éclaira le visage ridé de Ptuth.

– Bien dit, seigneur Séwoul, répondit-il. Et le peuple approuve. Que donc le double mariage soit célébré légalement dans le temple du Serpent dans six *psus* (période de trois heures de travail, soit environ dix-huit heures). Reine Thafti, daignez contempler le visage de votre promis.

Thafti s'avança et, debout devant moi, souleva son voile pour la première fois. J'eus peine à réprimer mon horreur. Car son visage était si couturé, ridé et tordu, qu'à cette vue terrible, mon cœur se souleva.

C'était la femme la plus répugnante sur laquelle j'eusse jamais posé les yeux de toute ma vie... !

Chapitre XI
Le complot du Wallaby

Thafti lut l'horreur dans mon regard et un spasme de fureur déforma encore davantage ses traits ; puis elle laissa retomber le voile et, toujours accompagnés des hurlements d'approbation de la foule, on nous emmena hors des lieux. Une garde de soldats en cape écarlate conduisit en grande pompe Hita vers le palais. Cependant, avant qu'on nous séparât, celle-ci se pencha vers moi et prononça en hâte des mots qui firent battre follement mon cœur :

– Je t'aime, seigneur Gowani. N'aie crainte, car dans la vie ou dans la mort, je serai tienne !

La foule n'était pas toute pour Thafti, car le grand tanneur resurgit de son sein en agitant les bras.

– Belles paroles ! ricana-t-il. Beaux discours ! Mais qui nous dit que Ros Marra ne ment pas ?

Thafti se tourna vers lui alors qu'il se tenait droit près du cercle de bancs. Elle fit signe à deux de ses courtisans qui se saisirent de lui et l'entraînèrent vers l'intérieur.

– Ô Ptuth, mon conseiller, que faut-il faire de quelqu'un qui flétrit la naissance honorable de la reine de Fendika ? s'enquit-elle.

– Qu'on nourrisse les serpents... répondit Ptuth négligemment.

Le visage du tanneur devint gris cendre. Il lança un regard affolé vers la foule, mais nul ne sourcilla pour l'appuyer. Il avait trop compté trop sur la faveur du peuple. À Fendika, les réformateurs partageaient le destin commun... !

Les gardes l'entraînèrent sans résistance. Un moment plus tard Nasmaxa et les exilés furent conduits vers le palais, tandis que je les suivais seul, entouré de quatre hommes armés, évoquant plus un prisonnier qu'un roi futur marié et ce, bien que la populace dansât autour de nous en me lançant des acclamations.

Le palais était un grand édifice rectangulaire en pierre blanche, avec d'innombrables fenêtres et le même aspect trapu, avec des colonnes curieusement sculptées flanquant les portes, ce qui me rappelait un temple assyrien. Deux portes d'un bois sombre odorant et bien ciré donnaient sur un intérieur spacieux, éclairé modérément par la même luminescence diffuse qui, comme je l'appris plus tard, était la lumière même du jour, captée de Balamok. À l'intérieur, les couloirs s'allongeaient irrégulièrement, sans plan apparent, et par intervalles il y avait des portes du même bois menant à des pièces.

À l'arrière se trouvait un escalier tournant aux larges degrés. Mes gardes me conduisirent vers celui-ci mais, au lieu de le gravir, nous entrâmes dans une petite pièce avec un serpent sculpté dans la pierre sur chaque pilier la flanquant. L'intérieur renfermait deux lits bas couverts d'oreillers écarlates, une table ne dépassant pas les trente centimètres de haut, conçue pour manger à même le plancher, rien de plus ; et la seule fenêtre existante comportait de lourds barreaux de fer entrecroisés.

Jetant un coup d'œil à l'extérieur, je vis la masse imposante du grand Temple du Serpent sur les murs duquel l'immense dinosaure en or semblait se dresser et me lancer des sifflements. Deux prêtres en robe jaune parcouraient l'allée recouverte de gravier bleu qui s'étendait entre les arbres nains.

Mes gardes me laissèrent et verrouillèrent la porte derrière moi en sortant. Peu après celle-ci se rouvrit et un serviteur, s'inclinant profondément, m'apporta un plateau de nourriture : de la bouillie de céréales et de savoureux fruits comme il en abonde dans ce pays perpétuellement ensoleillé. Je n'ai jamais mangé de viande durant mon séjour à Fendika, ni par la suite ; soit les Fendeks étaient naturellement végétariens, soit les lamas n'étaient pas utilisés comme nourriture.

On me laissa ainsi à mes réflexions, assez sombres et qui n'étaient pas atténuées avec ce jour perpétuel. Car je pense, tout bien considéré, qu'on se languit de la nuit comme terme temporaire à la misère humaine, alors qu'ici il n'y avait qu'un jour éternel, sans lumière solaire ni ténèbres nocturnes.

Une chose dont j'étais sûr, c'est que je préférais mourir plutôt que de devenir l'époux de Thafti. Ma colère contre Sewell, jointe à la conscience de sa trahison, tout en me préservant de céder au désespoir, ébranlait mes nerfs et perturbait mon esprit, m'empêchant de faire des plans cohérents, pour autant que ce soit possible.

À la fin, épuisé, je sombrai dans une torpeur proche de celle des Fendeks. Je n'étais pas vraiment endormi et prêtais vaguement l'oreille à un grand tumulte et à des vociférations de l'autre côté des murs intérieurs, essayant de les analyser, quand un cliquetis de la serrure me ramena brusquement à la pleine conscience. Je sursautai brusquement en découvrant un prêtre du Wallaby en face de moi.

Il portait la robe jaune indiquant sa subordination à la hiérarchie du Serpent, mais il y avait un wallaby représenté de chaque côté de l'ouverture pectorale. Il était rasé, comme Ptuth, à l'exception d'une longue mèche s'incurvant sur son front.

Mais il n'y avait rien d'intimidant en lui. C'était un petit homme rond et rubicond qui avait l'air de n'être pas ennemi de la bonne chère, et il restait là à me regarder avec bienveillance pendant que je me levais ; il me fit un salut en croisant les mains sur sa poitrine.

– Salutations, seigneur Gowani, dit-il. Je suis Mnur, chef des prêtres du temple du Wallaby.

À ma stupéfaction, il m'adressa un clignement d'œil et, sans plus de formalité, s'assit à côté de moi sur le lit bas.

– Si les hommes du pays de mon seigneur sont comme ceux d'ici, fit-il remarquer, celui-ci ne s'étonnera pas que, bien que son poids en électrum ait été offert en dot avec la princesse Thafti, il n'y ait eu jusque-là aucun preneur...

– Je n'en suis pas surpris du tout... répliquai-je morose.

– Pourtant Thafti est une femme merveilleuse, poursuivit-il pensivement. Il n'y en a jamais eu de plus compétente pour diriger l'Empire Fendek. Oui, nous en étions arrivés à envisager l'envoi d'une ambassade matrimoniale au prince aveugle de Lassayii avec de riches présents. Mais votre venue a semé une douloureuse confusion. Écoutez, donc !

Il leva la main pour imposer silence et j'entendis le tumulte dans les parties inférieures de la cité.

– Le prince Thaxas, qui était chargé d'une mission ici et était à la chasse, vient de revenir, dit-il. Il a fait venir des renforts de cavalerie à Ellaborta et a pris une revanche sanglante sur l'insolente rébellion du peuple ce dernier *psus*. Huit cents Ellabortiens gisent morts sous les épées de ses cavaliers et les grands serpents s'engraisseront demain. Ah, oui, Thafti est une excellente reine...

Ses paroles me forcèrent à une réflexion rapide. Si Thaxas était présentement maître de la capitale, il était hautement probable que je n'étais après tout pas destiné à devenir le mari de Thafti — à moins que Thafti préférât un mariage forcé au trône des Fendeks.

- Mais d'abord, dit Mnur, parlons de la mission qui m'amène. Seigneur Gowani, vous avez connaissance du secret que nul ici ne connaît, sauf le magicien Ptuth, et qui le fait vivre éternellement.

- De quoi ai-je connaissance ? m'enquis-je.

- Du secret de la vie éternelle, répliqua-t-il calmement, me fixant de ses grands yeux marron.

- Mais je ne le possède pas ! rétorquai-je. Ni aucun d'entre nous, bien que beaucoup donneraient tout ce qu'ils possèdent pour l'avoir... !

Il secoua tristement la tête.

- J'ai peine à vous croire, seigneur Gowani, répondit-il. La connaissance de Ptuth, le secret grâce auquel la jeunesse de la princesse Hita est perpétuellement renouvelée jusqu'à la venue de celui dont les vieilles prophéties ont parlé, est réputée appartenir aux hommes du monde extérieur. Car vous savez bien que la jeunesse de Hita doit être renouvelée continuellement, grâce aux artifices de Ptuth, jusqu'à ce que celui qui est attendu dans la prophétie arrive. Que vous soyez ou non celui-ci, je l'ignore, mais au moins vous avez cette connaissance.

- Il n'y a pas de secret, Mnur, répétai-je. Nous mourons, tout comme vous...

- Je sais que vous mourez, répondit-il, par accident ou violence. Mais — il se retint — se pourrait-il que mon seigneur veuille un jour me révéler ce secret ? dit-il avec un air rusé.

Je n'allais pas gaspiller davantage mon souffle à réfuter cette obsession.

– Car le pouvoir de Ptuth touche à sa fin... continua-t-il. L'histoire de Ros Marra nous a porté un très mauvais coup, car il avait été projeté de donner la prééminence aux prêtres du Wallaby dans le pays et de refouler les Serpents tyranniques dans la cité des ténèbres et de la magie noire, sous la face sombre de Balamok. C'est seulement par la possession de leurs ailes que les prêtres du Serpent sont en mesure de conserver leur empire sur Fendika, et tout le monde les hait.

« À présent, seigneur Gowani, le moment est venu. Les ailes des prêtres du Serpent sont emmagasinées dans la chambre supérieure du temple. Demain — littéralement, « *psus sept* » avec la particule indiquant le futur, mais je n'essaierai pas de traduire tout cela littéralement — pendant que tout le monde sera assemblé dans le temple et que l'attention des prêtres sera détournée, nous nous emparerons de la chambre des ailes, nous prendrons possession de celles-ci et deviendrons ainsi maîtres de la cité. Tous nos plans sont au point. Thafti dirigera un des royaumes vassaux et vous épouserez Hita pour régner sur Ellaborta. Les vieux clans seront abolis et le Wallaby régnera en maître.

C'était là nettement plus que ce à quoi je m'étais préparé à m'engager. Mais j'avais grandi en sagesse ces derniers jours et je ne me compromis pas. Mnur s'en fut, m'assurant que le succès était assuré.

Chapitre XII
Le coup de théâtre de Ptuth

Avec des sonneries de trompettes et des coups de cymbales, je fus conduit à travers le quadrilatère rempli d'une foule dense amenée et canalisée par les cavaliers de Thaxas qui, alignés sur ses quatre côtés et par un usage implacable des fouets et des épées, montraient leur rancune pour le soulèvement du jour précédent et leur mépris pour la populace.

Pourtant, de la révolte imminente planait dans l'air, dans le silence et dans les regards désenchantés que les gens me lançaient.

Lorsque Hita, revêtue de sa cape bleue, emprunta l'allée de gravier bleu pour entrer dans le temple sur son lama ferré d'or, des acclamations éclatèrent, auxquelles les cavaliers aviens ne purent opposer qu'une allure menaçante. Après tout, c'était une indication de sur qui se portait l'amour du peuple et il était légal d'acclamer Hita, alors que seuls des regards menaçants et des murmures saluèrent l'arrivée de Thafti, voilée et écarlate.

L'histoire de Ros Marra était unanimement rejetée, la vieille femme étant connue pour être le mauvais génie du palais à qui de nombreuses actions sinistres et meurtrières étaient attribuées.

À l'intérieur du Temple du Serpent, les lumières jaunes ne jetaient qu'un reflet diffus, sauf autour de l'autel qui jouissait d'un éclairage éblouissant.

Le temple était envahi de populace, mais il y avait

autour du chœur un espace dégagé gardé par une espèce de cheval-de-frise de grandes piques en or valant la rançon d'une cité. À l'intérieur de celui-ci se trouvaient les rangées de prêtres du Serpent en robes jaunes, les prêtres du Wallaby, également en jaune mais avec l'emblème du wallaby, les prêtres du Poisson, en argent écailleux, et les prêtres de l'Ornithorynque, en vert. Ptuth était aussi présent, avec Sewell à son côté. Je remarquai que Sewell était maintenant habillé en argent, en tant que récent initié du Clan du Poisson, et qu'il portait le symbole argenté du poisson sur sa poitrine.

Il tourna les yeux vers moi avec un regard de haine me montrant qu'il n'y aurait plus de faux-semblants entre nous.

Hita se tenait face à moi, le vieux Nasmaxa à ses côtés. Il y avait comme un message d'espoir dans le regard anxieux que Nasmaxa m'adressa, comme s'il était dans le secret du complot de Mnur et soucieux de me rassurer.

La reine Thafti, en blanc et écarlate, le lourd voile devant les yeux, se tenait non loin de moi. De l'autre côté d'elle se trouvait un homme à la carrure puissante, la quarantaine apparente, au regard impérieux et à la courte barbe noire frisée. Je le reconnus pour être le prince vassal Thaxas, chef de l'État Avien et commandant des fameux cavaliers qui soutenaient le trône des Fendeks.

Je le vis dévisager la princesse Hita de toutes ses forces, comme hypnotisé. Quelque chose dans la jeune femme semblait le fasciner. Il me vint à l'esprit qu'il ne l'avait probablement jamais vue puisqu'il avait vécu à Asclaxa, la capitale avienne, avant son avènement à lui qui avait eu lieu après le bannissement de Hita.

Parcourant la douceur de sa silhouette et de son visage, avec ses robes avantageuses blanches et bleues, il me sembla que nul homme de bon sens ne pouvait s'empêcher de l'adorer. Seulement, si Thaxas en était tombé amoureux, c'était encore une complication de plus...

Mais j'oubliais vite la vue de ces acteurs principaux du drame en cours lorsque je regardai à l'intérieur du chœur et que je vis l'autel. La finition en était magnifique à l'extrême, et il y avait pourtant là quelque chose de hideux et de dégénéré, comme si un esprit maléfique qui avait conçu et façonné cette chose.

Représentez-vous toute cette scène illuminée par la lueur réfléchie de mille bougies invisibles : deux escaliers en spirale du plus pur électrum, chacun de part et d'autre de l'autel surélevé et près de la salle du temple, une pierre blanche aplatie au sommet, avec des cornes de pierre à chacun des quatre angles. Le carrelage blanc devant l'autel s'ordonnait autour d'un orifice circulaire recouvert d'une grille en or et entre la grille d'où il s'élevait et le dessus de l'autel où il aboutissait, se dressait un immense serpent, ou plutôt un dinosaure, façonné en électrum, mais si ingénieusement qu'il aurait pu être vivant.

Les extrémités griffues de ses pattes minuscules s'accrochaient aux socles des escaliers qui se séparaient pour se rejoindre au sommet — ou en donnaient l'impression — très proches de la façon dont un tire-bouchon a l'air d'onduler. Aux sommets se retrouvaient d'autres extrémités griffues, comme pour supporter la pierre d'autel. Ptuth s'avança, ses prêtres en ligne autour de lui, et les lumières s'éteignirent à l'intérieur de la nef du temple, laissant l'espace circonvoisin de l'autel violemment illuminé.

Ptuth leva la main.

- Tous vous savez, psalmodia-t-il en ancien fendek, que, chef des prêtres du Serpent, j'exerce sur ce pays, de même que sur la Maison Royale, la domination dont le Dieu Serpent m'a investi. Vous savez que, sur mon ordre, Balamok pourrait dévoiler son œil funeste et que le monde alors périrait... !

Un frémissement parcourut l'assemblée qui se fit soudain aussi calme que la mort. Ptuth tira une verge d'argent de ses robes et frappa le serpent d'or.

Immédiatement, à ma grande horreur, la bête dorée commença à se contorsionner ! La tête qui se trouvait au-dessus de la grille — car l'animal était façonné tête en bas —, s'ouvrit et se referma et un sifflement sortit de sa gorge. Le peuple frissonna à nouveau. Ptuth gravit l'escalier de l'autel jusqu'à ce se tenir sur la plate-forme supérieure disposée près de l'autel où il prit quelque chose de révoltant que je n'avais pas aperçu jusque là pour le déposer sur la queue du serpent.

La masse dorée se contorsionna, se contracta et, simultanément, un nouveau sifflement monta de la grille dont le couvercle bascula en arrière. Un monstrueux dinosaure apparut et ses yeux mauvais nous lancèrent des éclairs tandis que son museau aux ramifications humides, disparaissait à l'intérieur de la coque d'or.

Le dinosaure grimpa vers son repas. Au bout d'un moment affreux, nous vîmes réapparaître la tête par l'orifice supérieur. Le corps écailleux émergea et le démon rampant, portant son repas entre ses mâchoires distendues, se traîna derrière l'autel puis se lova sur une corniche en surplomb à l'intérieur de l'édifice, baignant immédiatement dans la clarté des rayons solaires.

Ptuth descendit et se tint à nouveau devant nous, frappant le serpent d'or qui cessa instantanément d'onduler.

- Ô reine Thafti, ô princesse, et ô toi peuple de Fendika, commença-t-il, hier il fut proclamé que Thafti resterait reine de ce pays, conformément au récit de sa vieille nourrice Ros Marra, lequel a été confirmé... En conséquence de quoi, nous la fiançâmes au seigneur Gowani et donnâmes sa sœur Hita au seigneur Séwoul, ordonnant que le mariage ait lieu dans le temple, au bout de six *psus*. Cependant, quand ce contrat fut établi, nous n'étions pas informés de l'existence d'un contrat antérieur, conclu entre feu le roi de Fendika et le père du prince Thaxas et annulant donc celui-ci. En foi de quoi le prince Thaxas réclame donc aujourd'hui la main de la reine Thafti !

Chapitre XIII
Hors de la gueule du serpent

Le jeu du vieux scélérat était parfaitement simple. Ayant maté la rébellion, il était résolu à m'éliminer complètement du trône en m'écartant de ce mariage qui avait pu être arrangé mais visiblement pas été considéré comme irrévocable...

– Que déclarez-vous, prince Thaxas du Royaume d'Avia ? Voulez-vous prendre Thafti, reine des Fendeks, pour vous unir à elle et diriger avec elle ce pays ? demanda Ptuth.

– Oui, je le veux, répondit Thaxas, sans cesser de fixer Hita.

Je vis Thafti se raidir.

– Et vous, ô reine ? demanda Ptuth à Thafti.

– Oui, je le veux, répondit celle-ci à voix basse.

Ptuth observa une pause et une grimace prit lentement possession de sa face parcheminée.

– Maintenant que faudra-t-il faire de celui qui a contemplé le visage de la reine voilée sans être son fiancé ? ronronna-t-il presque. Ne doit-on pas lui rendre des honneurs divins selon les anciennes lois du Royaume des Fendeks ?

Un rugissement d'approbation monta des spectateurs. Les prêtres se resserrèrent autour de moi. Une corde d'argent fut adroitement glissée par-dessus mon corps, liant mes mains derrière mon dos. Avant de pouvoir me défendre ou tenter de résister, j'étais ficelé comme un saucisson, comme si j'étais une mouche enroulée dans la toile d'une araignée.

Je vis le regard horrifié de Hita. Elle s'élança vers moi. Mais elle se heurta impuissante à la rangée de prêtres jaunes et je fus entraîné vers la gueule ouverte du grand dinosaure doré qui pendait au-dessus de la grille.

Ptuth frappa encore le serpent et la bête se mit une fois de plus à onduler, mais cette fois les contractions étaient dirigées vers le haut et non plus vers le bas. L'infernal mécanisme allait me faire monter progressivement jusqu'à l'autel derrière lequel j'apercevais les yeux mauvais de l'abominable reptile attentif aux préparatifs.

On me tira vers la gueule du serpent. Il n'y eut pas le moindre mouvement parmi la foule en ma faveur. J'imagine qu'elle était ravie à l'avance du passionnant spectacle de mon sacrifice. Je voyais que tous les yeux étaient braqués sur moi.

J'entendis Hita crier, je la vis se débattre dans les bras des prêtres. Puis elle s'écroula comme une masse, inconsciente, sur le pavage du temple. Je levai les yeux. Au-dessus de ma tête les mâchoires d'or s'ouvraient et se fermaient dans un mouvement mécanique. Je pouvais voir à l'intérieur les ondulations du diabolique mécanisme. Je savais qu'aussitôt que ma tête serait en position sur les gencives rembourrées je serais saisi et transporté sans douleur dans les entrailles en mouvement jusqu'au sommet où le monstre m'attendait.

Mais il y avait encore une formalité à accomplir... Ptuth se tourna en effet vers Thafti.

– Ô reine, dit-il, daignez contempler le visage de votre futur époux.

Après un moment d'hésitation, Thafti souleva son voile. Le prince Thaxas fit alors un bond en arrière et un cri étouffé s'échappa de ses lèvres.

Il balbutia pitoyablement :

– Ô Ptuth, avant la cérémonie, je dois consulter mes conseillers pour le contrat de mariage. Je dois donc chevaucher en hâte jusqu'à ma capitale dans ce but, afin que cette affaire ne souffre aucun retard.

– Ô prince Thaxas, cela ne se peut ! Vous avez contemplé le visage de Thafti... répondit Ptuth avec un petit rire étouffé.

Se penchant en avant, il toucha un mécanisme sur la gueule du serpent. Il recula en hâte, sans cesser de me lorgner méchamment, et les prêtres qui me tenaient me relâchèrent au même moment.

Les énormes mâchoires se renfermèrent sur mon front. Mais les rembourrages qui les bordaient secondèrent le diabolique mécanisme de telle sorte qu'elles me saisirent étroitement sans me blesser. En un instant, l'aspiration me tira entièrement à l'intérieur des entrailles caverneuses.

Il faisait noir comme la poix, naturellement, mais je sentais bien que le serpent avait environ un mètre vingt de largeur et que les flancs écailleux étaient intérieurement doublés d'innombrables rangées de courroies mobiles garnies de minuscules dents qui se plantaient dans mes vêtements et ensuite, placées à un angle différent par la rotation, me relâchaient et me repassaient à la rangée suivante...

Il m'était tout à fait impossible de me soustraire à cette terrible progression. Je ne pouvais pas retenir les dents qui basculaient vers le haut, me saisissaient et me repassaient ; et il semblait y avoir aussi une aspiration d'air qui contribuait à ma translation.

Soudain, en dessous de moi, la gueule se rouvrit. Je

vis nettement Hita gisant toujours inconsciente sur le pavage du temple, la partie inférieure de la silhouette de Ptuth, puis quelque chose qui se faufila vers le haut par l'ouverture de la grille !

C'était un second serpent. Le monstre, dont les écailles contrecarreraient l'action sur elles des dents d'acier du conduit, et qui se lancerait rapidement à ma poursuite. Mon cœur battit avec un bruit de moteur dans mes oreilles. J'étais paralysé d'horreur et de dégoût.

Pourtant je me dis qu'il faudrait au moins que j'émerge au sommet de l'autel pour affronter mon destin à la lumière, pour défendre ma vie ; pour n'être pas mangé dans le noir. La différence peut paraître négligeable, mais pour moi elle était bien réelle.

À ce moment-là il y eut un autre afflux de lumière venu d'en haut. Une forme sombre se glissa vers l'ouverture supérieure du serpent d'or pour disparaître à l'intérieur. C'était le dinosaure ! Les deux allaient me rejoindre à l'intérieur et me dévoreraient par chaque extrémité.

Avec une furie dont je me serais cru incapable, je forçai sur les liens qui me ligotaient. Je les sentis s'enfoncer profondément dans mes bras... et soudain une des cordes craqua. Mes mains se libérèrent et, comme je franchissais la rangée de dents, je déliai la corde autour de moi. J'étais libre !

Enfin, si on pouvait appeler cela être libre... J'entendis le sifflement, telle de la vapeur qui s'échappe d'une chaudière, au-dessus et au-dessous de moi. Je devais approcher du ventre du monstre. Encore un moment et les mâchoires prêtes à engloutir et à déchiqueter se planteraient en moi des deux côtés.

Soudain j'aperçus un pâle rayon de lumière dans le

ventre du monstre.

Il y avait une plaque mobile dans la paroi et elle s'ouvrait ! À la lumière, je discernais maintenant la tête du dinosaure au-dessus de moi, ses yeux méchants et étincelants, sa gueule ouverte bordée de rangées de dents énormes, sa langue jaune pareille à une cuillère.

Puis un homme me saisit et me tira en avant. Au même moment les deux gueules sifflantes se rencontraient au-dessus et au-dessous de moi.

Les mâchoires des dinosaures, frustrées de leur proie, s'agrippèrent l'une à l'autre en un violent combat.

Et je découvris le visage de Mnur, le prêtre du Wallaby...

Chapitre XIV
Au bord d'un balcon

Je perdis conscience l'espace d'un instant mais, pressé inconsciemment par le danger, je me réveillai. Mnur me soutenait. Il vit que j'avais déjà repris le contrôle de mes sens et me fit signe de le suivre.

Je me trouvais dans un étroit local carré aux escaliers de pierre brute qui montaient. C'était l'intérieur du bloc de maçonnerie qui soutenait la pierre d'autel et contre lequel s'appuyait un anneau du serpent d'or, de telle sorte que l'ouverture était invisible de la nef du temple.

Un escalier, presque perpendiculaire, menait derrière l'autel vers un petit local utilisé comme vestiaire par les prêtres. Il était rempli d'hommes portant des épées courtes qui nous adressèrent un regard empressé à notre entrée.

Ils s'étaient débarrassés de leurs robes de Wallabys qui étaient entassées par terre, mais je savais que c'étaient les prêtres du Wallaby réunis pour mettre à exécution le complot qui devait les rendre maîtres des prêtres du Serpent.

Ils s'assemblèrent autour de moi en marchant doucement et en ne conversant qu'en murmures tendus. L'un d'eux me mit une épée dans la main. Mnur donna le signal et nous empruntâmes sur une seule file un second escalier, plus long, jusqu'à ce que je voie l'intérieur du grand dôme au-dessus de ma tête.

Soudain Mnur me saisit par le bras et me fit signe

qu'il y avait danger. Nous étions accroupis dans l'angle entre deux murs, avec une porte ouverte se découpant dans la maçonnerie à quelques pas de nous. De l'autre côté de celle-ci, je pouvais apercevoir un couloir, avec face à moi une autre porte donnant sur une salle où étaient assis une vingtaine de prêtres du Serpent buvant et plaisantant entre eux. Leurs rires retentissaient bruyamment dans tout le local.

Arpentant le couloir, il y avait une sentinelle portant la cape jaune du Serpent et munie d'une épée. Elle passa devant nous et j'entendis le bruit de ses pas lourds s'atténuer tout au long du couloir.

Bientôt ils redevinrent plus bruyants. La sentinelle revenait. Mnur jeta un coup d'œil à ses compagnons puis fit un pas en avant avec une agilité surprenante pour un homme aussi corpulent. Il tenait dans la main une dague courte.

Comme la tête de la sentinelle apparaissait à la porte, Mnur lui sauta dessus par derrière et lui enfonça la dague dans la gorge. L'homme s'écroula dans un gargouillement.

Instantanément, nous envahîmes le couloir pour nous tomber sur les prêtres du Serpent à vingt contre vingt.

Complètement pris par surprise, ils eurent à peine le temps de dégainer leurs épées avant que les nôtres fussent contre leurs gorges. Quelques lames se croisèrent, un de nos adversaires s'écroula, le cœur transpercé. Ils lâchèrent alors leurs armes pour lever les bras en signe de reddition.

Mnur lança un ordre et, à la queue-leu-leu et de mauvaise grâce, ils filèrent devant nous jusqu'à une salle intérieure qui ressemblait à une de nos usines modernes.

Elle était emplie du ronronnement des mécanismes. Bien des machines m'étaient inconnues, mais parmi elles je reconnus une espèce de dynamo, mue par une énergie invisible. Au-dessus de celle-ci rayonnait un cône de lumière pourpre partant d'un point minuscule situé au-dessus d'une lentille enchâssée au sommet de la machine.

C'était en fait la dynamo solaire des prêtres par laquelle les rayons de Balamok, captés à travers les nuages, étaient concentrés pour faire tourner la machine, qui à son tour, par la conversion de la lumière en une forme d'énergie cinétique, les emmagasinait et les restituait pour éclairer la cité.

Rangées tout autour de la salle se trouvaient les fameuses machines volantes des prêtres. Celles-ci consistaient simplement en une paire d'ailes très fines en acier reliées à un petit générateur solaire reposant contre les hanches du pilote quand les ailes étaient attachées. Il les faisait vibrer follement, leur imprimant plus de tours que n'importe quelle machine à gaz, sur la simple pression d'un bouton.

Des siècles auparavant, les prêtres du Serpent avaient abandonné leurs anciennes machines volantes qui avaient d'abord évolué selon le modèle encombrant de chez nous et l'avaient réduit à la simplicité dune paire d'ailes, utilisant le mouvement de leurs propres corps pour se diriger dans les airs.

Poussant les prêtres désarmés dans un coin, les prêtres du Wallaby s'installèrent mutuellement, à la hâte, les appareils au moyen de sangles passant sur les épaules et autour de la taille, le tout sous la direction d'un des leurs qui avait précédemment servi chez les prêtres du Serpent. Puis Mnur se tourna vers le prêtre adverse le plus proche de lui.

- Où sont les bombes à lumière ? demanda-t-il.

L'homme se mit à bégayer et à trembler.

- Ô Mnur, le serment que nous avons prêté par le grand Dieu Serpent de ne jamais révéler...

Le fil de l'épée de Mnur sur sa gorge l'interrompit. De ses doigts tremblants, il frappa trois fois sur un placard dans le mur, dont une partie s'ouvrit. À l'intérieur, empilées dans des boîtes en bois, se trouvait une centaine de bombes de la taille de balles de baseball mais s'effilant d'un côté pour former une poignée.

Elles semblaient composées d'une sorte de mica ou de verre flexible et il y avait à l'intérieur un chatoiement de lumière bleuâtre virant au rouge, au vert, en fait à toutes les couleurs du spectre. C'était de la lumière comprimée conservée dans un vide éthérique. Sur le moment j'imaginai, mais à tort, qu'elles devaient exploser violemment une fois brisées.

Attachées aux sangles qui maintenaient nos machines en place, il y avait de grandes poches avec des compartiments séparés, une de chaque côté, chacune capable de contenir une douzaine des bombes, lesquelles ne pesaient presque rien. Une fois armés, nous abandonnâmes les prêtres tremblants de peur et nous frayâmes un chemin vers l'accès au serpent d'or.

En arrivant dans l'étroit local, j'entendis le bruit de psalmodies étouffées. Je m'aperçus alors qu'il y avait un autre accès menant au sommet de l'autel lui-même.

Tout doucement, nous nous faufilâmes jusqu'en haut de l'escalier. Soudain je vis la silhouette du vieux Ptuth. Il se tenait au sommet de l'autel, psalmodiant un hymne. D'un bond en avant, Mnur et moi, nous nous saisîmes de lui.

Un grondement sourd montant de la foule réunie salua cette action spectaculaire. Je vis Thaxas et Thafti debout, les mains jointes. Le prêtre était sur le point de les unir. L'expression du visage de Thaxas faisait pitié. Ni Sewell ni Hita n'étaient visibles.

Soudain Ptuth, qui était resté comme pétrifié, bondit en l'air, échappa à notre prise et se rua vers un des escaliers de pierre entourant l'autel. Au même moment, les prêtres jaunes firent irruption dans notre direction, épées dégainées, tandis que les capes écarlates des courtisans de Thafti se mêlaient aux leurs.

Saisissant une des bombes, Mnur la jeta en plein à la figure de l'homme le plus proche.

Avec des hurlements de terreur, le groupe d'assaillants laissa tomber ses épées et s'enfuit. Nulle détonation ne suivit, mais soudain l'intérieur du temple fut rempli de la lumière libérée. Comparée à elle, la lumière atténuée qui passait par les ouvertures ressemblait à une flamme de bougie.

C'était de la vraie lumière, éblouissante, aveuglante. Et chaude. C'était l'essence même de Balamok ! À côté la lumière solaire n'était qu'un erzats.

Les Fendeks ne purent pas supporter cette lumière. Comme Joe Mulock l'avait dit, ils « se desséchèrent comme des vers » sous son action.

Joe n'avait pas été loin de la vérité. Les escaliers furent dégagés en un clin d'œil. La foule reflua paniquée par les portes du temple. Mais les deux assaillants qui s'étaient le plus rapprochés de nous glissèrent tête la première du haut de l'autel jusqu'à la grille et y demeurèrent à gémir et à se tordre. Leurs cheveux étaient roussis et leurs visages noircis par la lumière.

Alors, dans d'affreuses intentions, la tête du dinosaure

apparut dans la gueule du serpent d'or. Un sifflement, un cri perçant, et les deux victimes furent enserrées dans les horribles anneaux, tandis que les crochets se refermaient sur la chair palpitante.

Nous nous arrêtâmes pour dévaler l'autre escalier. Le temple était vide à présent, mais je ne pensais qu'à Hita. Je l'appelais frénétiquement.

Soudain je vis Ptuth se glisser comme une ombre à travers le chœur et disparaître. Je hurlai et me ruai vers lui, l'épée tirée. Mais il m'évita et me ferma la porte au nez. Je m'abattis contre elle de toutes mes forces. Elle céda.

Je vis au-dessus de moi un escalier grossier avec Ptuth déjà presque à son sommet. Je montai quatre à quatre, l'épée à la main, décidé à reprendre la princesse Hita ou à le tuer.

Il y avait en haut un couloir, celui que j'avais déjà vu. Il était bondé à son extrémité de prêtres qui s'agitaient et marmonnaient entre eux. À ma vue, ils détalèrent. Je jetai une bombe au milieu d'eux et le couloir s'illumina comme en plein jour. Mais la pleine puissance des rayons n'arriva pas à les atteindre. Car les bombes, bien que l'effet de leur illumination s'étendît à plus de cinq acres, n'étaient porteuses de mort que dans un rayon limité, équivalent peut-être à celui d'un petit obus.

Ptuth avait tourné les talons pour descendre un second couloir. Je le suivis et vis qu'il portait une forme inanimée dans ses bras. C'était Hita et il se hâtait vers un refuge dont je n'avais aucune idée. Me voyant presque sur lui, il la lâcha la jeune femme.

Il savait que je n'oserais pas jeter une bombe avec Hita dans le passage et il courut avec une rapidité surprenante. Je m'arrêtai et saisis Hita inconsciente.

Je la serrai dans mes bras. Un soupir s'échappa de ses lèvres. Ses yeux s'ouvrirent.

– *Gowani, huiyo a huta*, murmura-t-elle, m'accordant la particule de noblesse.

– *A huiy 'o huth' agyi, hathin iyi* (« Pas seigneur, chérie, seulement amant »), répliquai-je, ainsi qu'on s'adresse à un souverain régnant. Car entre égaux, on aurait dit *A huiy' e huta gy hathin e son.*

Elle serra ses bras autour de mon cou et nous restâmes là, face au danger imminent, oublieux de tout sauf l'un de l'autre. Hita fut la première à se reprendre. Elle désigna le bout du couloir où, maintenant que l'aveuglante bombe à lumière s'était dissipée, j'aperçus la façade de la Salle du Conseil par une large fenêtre ouverte et qui donnait sur un balcon.

Nous nous y ruâmes. Mais au moment de l'atteindre, le couloir obliqua à droite et à gauche et je vis Ptuth, une foule de prêtres du Serpent à sa suite, se ruant vers moi, une bombe à la main. Nous lançâmes nos bombes simultanément.

Il y eut un éclair de lumière vive puis, soudain, les ténèbres. La lumière s'éteignit comme la flamme d'une bougie. Les ténèbres s'emparèrent de tout. Ptuth avait un antidote aux bombes à lumière, des espèces de bombes sombres qui les éteignaient. C'était un des secrets les plus cachés des prêtres du Serpent et aucun de nous ne l'avait deviné...

J'entendis nos adversaires tout autour de nous, nous accrochant dans les ténèbres. Je me frayai une voie vers la fenêtre : l'obscurité s'étendait comme un nuage noir, si bien que plus rien n'était visible. Je plaçai Hita derrière moi et taillai de droite à gauche avec mon épée. Elle trouva la gorge de quelqu'un qui vint trop près et qui tomba avec un gémissement suffoqué. Mon pied glissa sur le sang qui s'en échappait. Je perdis et rétablis mon équilibre. J'entendis Ptuth s'adresser à moi :

– Vous êtes piégé, seigneur Gowani ! s'écria-t-il, et vous ne pouvez utiliser vos ailes car l'appareil n'est pas chargé ! Rendez-vous et votre vie sera épargnée. On vous reconduira au monde d'en haut. Rendez-vous…

Je me tins en équilibre sur le balcon avec Hita dans les bras et sautai. Je tombai comme une pierre.

C'est alors que, tout à coup, les ailes rayonnantes se déployèrent dans mon dos et, l'obscurité commençant à se dissiper, se mirent à vrombir comme des turbines. Puis, en dépit du fardeau que je portais, tenant Hita serrée contre moi, je réussis à me poser au milieu du quadrilatère.

Chapitre XV
La chute des perfides

L'obscurité se dissipa lentement. J'entendis des exclamations tout autour de nous et, au travers les spires flottantes que formait l'obscurité en dissolution, je perçus des combats confus dans le quadrilatère.

Je découvris alors Mnur et un groupe de prêtres du Wallaby autour de nous.

– Vite, seigneur Gowani ! s'écria-t-il. Les Ellabortiens se battent contre les cavaliers de Thaxas et nous devons sauver la situation. Confiez la princesse à ces deux prêtres qui sauront la mettre à l'abri et venez avec moi, car nos gens sont à la dernière extrémité !

Au moment même où il parlait, un escadron de la cavalerie de Thaxas sur ses féroces chevaux à trois orteils se répandit dans la foule qui s'enfuit dans tous les sens. Le mur intérieur était bordé d'Ellabortiens tirant sur les cavaliers aviens des flèches impuissantes contre les formidables armures de cuir et de fer protégeant hommes et bêtes avec pour seul effet de rendre encore plus furieux les monstres énormes.

C'était un spectacle terrible que ces chevaux déchiquetant de leurs énormes mâchoires les Ellabortiens en fuite. Ils faisaient presque autant de dégâts que les cavaliers avec leurs sabres, et leurs sabots à trois orteils fendaient de concert crânes et visages lorsqu'ils les abattaient sur les hommes prostrés en dessous d'eux.

C'est à contrecœur mais sans pouvoir l'éviter, que je

remis Hita aux soins des deux hommes de Mnur. Elle me sourit bravement.

– Il faut me quitter, seigneur, dit-elle, car si Ptuth et Thaxas l'emportent, tout est perdu, y compris notre amour.

Je la serrai un instant contre moi, puis les deux prêtres du Wallaby déployèrent leurs ailes et, tenant chacun une main de Hita, ils s'élevèrent ensuite avec elle dans les airs. Je regardai le trio monter vers le sommet du temple, puis une bouffée de ténèbres le balaya de ma vue et, quand elle fut passée, il avait disparu.

Le moment d'après, Mnur et moi survolions le quadrilatère, entourés d'une troupe de nos prêtres du Wallaby. J'avais découvert, durant le bref espace de temps de mon vol, que je pouvais orienter ma trajectoire indifféremment avec mes bras et avec mes jambes, un peu à la manière d'un nageur...

Une scène confuse se déroulait au-dessous nos pieds. Les Ellabortiens étaient sortis en masse pour appuyer la révolution. Les rues de la cité basse étaient envahies d'une foule de gens armés de lances, d'épées, d'arcs avec des flèches et de boucliers, montant comme un flot vers la muraille.

Malheureusement, l'armure avait connu ici un développement technique supérieur à celui des armes de tir, c'est-à-dire surtout l'arc. Fendika semblait être en passe de découvrir les armes à feu, ou quelque chose d'approchant, mais pour l'instant le seul explosif connu était une sorte de grossière poudre noire utilisée dans les travaux de construction.

Il était étonnant de constater que les Fendeks aient pu inventer la dynamo et découvert des lois de la lumière qui nous étaient totalement inconnues alors qu'à d'autres égards ces gens-là n'étaient encore que des demi-barbares... Mais leur situation à l'intérieur de la planète n'était pas sans doute pas étrangère au fait qu'ils aient concentré leur énergie créative dans cette direction.

Si les flèches ne provoquaient guère de dommages, la fureur des assauts gagna bientôt le mur intérieur. Les Ellabortiens tenaient aussi les murs extérieurs de la capitale d'où ils repoussaient avec succès les hordes de la cavalerie de Thaxas, qui semblaient pourtant couvrir la plaine.

Mais la cavalerie avienne était maîtresse de la situation dans le donjon intérieur, là où il fallait emporter la décision. Et Thaxas était en train, ici, de gagner la partie. Une fois qu'il contrôlerait la partie intérieure de la cité, les Ellabortiens se retrouveraient pris en sandwich entre les Aviens de l'intérieur et ceux de l'extérieur. Avec à la clé la terrible vengeance qui leur serait infligée.

La victoire de Thaxas ne faisait malheureusement aucun doute. Sa cavalerie balayait le quadrilatère en charges furieuses et infatigables, repoussant devant elle les dernières tentatives de défense. Derrière elle, rassemblés autour de Ptuth et Thafti, je voyais les colonnes de fines lames en cape rouge prêts à se précipiter sur les murs intérieurs dès que Thaxas aurait écrasé toute résistance.

Haut dans le ciel, mais volant séparément pour la plupart, des prêtres du Serpent dirigeaient par signes les charges de la cavalerie avienne et lâchaient des bombes noires chaque fois qu'une charge ou une reprise des Ellabortiens modifiait temporairement la situation.

Seuls quelques-uns des prêtres du Serpent avaient réussi à se procurer des ailes, probablement dans une réserve que nous n'avions pas découverte. Nous, nous étions à quarante, volant au-dessus d'eux en escadrille et les forçant à fuir devant nous.

Mais l'un d'eux, un homme imposant avec une épée en main, fit soudain volte-face alors que nous faisions un large virage. Il me chargea avec fureur. Je tentai désespérément de tirer une bombe à lumière, mais je fus forcé de me concentrer de toutes mes forces pour l'éviter. Par deux fois son épée passa à un pouce de mon cœur et nous tournâmes l'un autour de l'autre pendant une demi-minute avant que je lance enfin la bombe qui se brisa contre sa poitrine.

Il parut se ratatiner dans l'éclair de lumière aveuglante. Je vis ses cheveux prendre feu, ses vêtements commencer à se calciner. Un hurlement s'échappa de ses lèvres tordues ; puis il sombra pour s'écraser dans la cour, masse informe de chair brûlée et de fer tordu.

Désormais, sous le commandement de Mnur, nous décrivions des cercles et faisions tomber nos bombes à lumière parmi les cavaliers de Thaxas qui balayaient le quadrilatère en repoussant devant eux les dernières traces d'opposition. Je vis sur les murs les Ellabortiens tendre en vain leurs arcs inutiles. Les cavaliers escaladèrent à toute vitesse la rampe qui menait de l'intérieur vers le sommet, avec Thaxas à leur tête. Ils étaient presque arrivés à destination quand nos bombes tombèrent sur eux.

La situation fut retournée d'un seul coup. La panique éclata parmi les chevaux qui s'emballèrent sauvagement le long des remparts ; les Ellabortiens se jetèrent au sol en dessous d'eux pour leur couper les jarrets quand ils leur passaient par-dessus, leur enfoncer leurs longues lances dans le ventre ou désarçonner leurs cavaliers pour plonger leurs épées dans leurs corselets de cuir et leur corps.

Un escadron réussit cependant à regagner le quadrilatère mais avant qu'il ait pu se disperser, nous lançâmes à nouveau nos bombes.

Ceci compensa les aléas précédents de la journée. Avec de grands cris de douleur et de terreur, les monstres désarçonnèrent leurs cavaliers et se débandèrent dans toutes les directions, courant sans cesse tout autour du quadrilatère jusqu'à ce qu'ils tombent épuisés ou mourants sous les effets de la lumière foudroyante. Avec des cris de malédiction les Ellabortiens sautèrent à bas des murailles et se ruèrent sur les spadassins en capes rouges.

Il nous était maintenant impossible de lâcher d'autres bombes, de peur de détruire nos propres hommes. Nous ne pouvions qu'observer ce qui se révéla être un exceptionnel fait d'armes comme je n'en ai jamais vu auparavant.

En effet, bien qu'à un contre vingt, les courtisans en capes rouges se groupèrent autour de Thafti et Ptuth. Leurs armes, maniées avec une terrible efficacité, faisaient des ravages parmi leurs assaillants qui ne tardèrent pas à former en tombant un anneau de cadavres autour d'eux. Pied à pied, les rouges se frayèrent un chemin en direction des murs. Parmi eux j'aperçus Thaxas, à pied, le casque de travers, l'armure souillée de sang, l'épée dégoulinante de rouge. Il bondit seul en avant, escalada le rempart et le défendit à lui seul contre les Ellabortiens qui l'entouraient en grondant, craintifs, prêts à s'élancer. Il tint bon jusqu'à ce que, dans une ruée accompagnée d'un grand cri, les capes rouges le suivent, entraînant Thafti et Ptuth avec elles, et débouchent dans la cité basse.

Une fois dans les lieux, serrés en une légion compacte, elles dispersèrent facilement la foule qui s'enfuit devant eux. C'est ainsi que, sous nos yeux, elles gagnèrent la muraille externe, l'emportèrent d'assaut et furent accueillies par les cavaliers avec une acclamation sauvage qui nous parvint dans les airs au-dessus du quadrilatère.

Mais Ellaborta était à nous et le reste des cavaliers aviens qui s'y trouvaient se trouvaient à notre merci. Ils s'avancèrent, mains levées en signe de reddition. Nous les logeâmes comme prisonniers dans le donjon, sous l'entrée intérieure. Quant aux chevaux féroces et indomptables, sauf par les Aviens qui connaissaient le secret pour les subjuguer, on mit fin à leurs souffrances.

Ma première pensée fut évidemment pour Hita. Elle était restée en sécurité, cachée dans une chambre secrète du Temple du Wallaby. Nos brèves retrouvailles, juste le temps d'un bref échange de mots, me remplirent de joie et de détermination.

Nous disposâmes de forts contingents d'hommes entraînés sur les murailles extérieures. Nos craintes d'un assaut immédiat disparurent dans l'heure suivante lorsque nous vîmes les forces encore puissantes de Thaxas faire retraite jusqu'à leur camp sur le fleuve, à quelques trois kilomètres de la cité. De là, des détachements partirent à droite et à gauche jusqu'à se poster sur toutes les routes principales partant d'Ellaborta.

En l'espace d'un *psus*, la capitale se retrouva encerclée et en état de siège.

Chapitre XVI
La vie et la mort

Notre position était donc périlleuse car il n'y avait guère de réserves de vivres de ce côté-ci des murs et, que Ptuth l'ait déjà deviné ou pas, nous avions épuisé toutes nos bombes à lumière. La première chose que je fis fut donc de convoquer les savants de la capitale dans la salle abritant les dynamos.

On découvrit vite qu'il serait aisé de contrôler l'approvisionnement en lumière : les machines fonctionnaient automatiquement et tourneraient donc indéfiniment. Par contre, même le prêtre du Wallaby qui avait pourtant jadis servi le Serpent ignorait le secret permettant de fabriquer les bombes.

Ceci rendrait notre situation plus précaire de jour en jour, car il ne faisait guère de doute que Ptuth pourrait monter un laboratoire et fabriquer à la fois des bombes et des ailes... Nous aurions dû nous emparer de ses prêtres après les avoir capturés.

Je dépêchai des crieurs publics pour convoquer une assemblée populaire dans le quadrilatère, prévue pour dans deux *psus*, comptant que les Ellabortiens ratifieraient toute décision prise. Mais je dois mentionner ici une affaire insignifiante mais qui eut un effet assez déprimant sur les esprits des gens qui la considérèrent comme un mauvais présage.

Il était de coutume de garder sous la grille deux dinosaures à qui on fournissait des victimes choisies parmi les petits malfaiteurs. Ces hommes leur étaient jetés vivants deux fois par semaine et c'était cette coutume que les gens désiraient voir abolir définitivement. Ils envahirent le temple, appelant à la destruction des monstres.

La grille fut rapidement soulevée grâce à des leviers et des hommes descendirent avec des épées et des torches. Le fond de la crypte était blanc d'ossements humains, mais les dinosaures restèrent introuvables.

Les parties supérieures du temple et toutes les pièces au-dessus de l'autel furent fouillées en vain et saccagées. Les dinosaures étaient évidemment montés par le serpent creux et s'étaient échappés par le toit ; mais toute recherche se révéla infructueuse.

Je pensais qu'ils avaient pu se détruire mutuellement en se rencontrant dans le serpent d'or mais une fois le mécanisme qui le contrôlait stoppé, un garçon aventureux y monta et émergea par l'orifice supérieur en nous informant que la coquille dorée était vide.

Lors de notre conseil, la toute première décision prise fut que le culte du Serpent était désormais à jamais proscrit de Fendika et que celui du Dieu Inconnu était établi comme religion d'État. Les collèges de prêtres inférieurs pouvaient cependant continuer à exister sous la férule du Wallaby, qui faisait partie du vieil ordre fendek avant que les prêtres du Serpent s'emparent du pays. Ce compromis déplut fort à Mnur qui avait escompté être proclamé grand pontife, et il ne s'y soumit que de mauvaise grâce.

Puis Hita et moi, debout au centre du quadrilatère, fûmes acclamés par une foule d'une exubérance folle. La vieille sorcière Ros Marra, poussée par Nasmaxa, reconnut publiquement qu'elle avait menti sous les ordres de Ptuth et par peur de lui.

Nasmaxa et moi avions préalablement décidé que, tant que le pays était aux prises avec la guerre civile, il ne serait pas opportun pour Hita et moi de nous marier, la jalousie envers un étranger pouvant provoquer un changement dans l'esprit versatile des Fendeks. Sur ce, en tant que grand pontife, Nasmaxa réaffirma solennellement nos fiançailles et proposa que, une fois Thafti et des Aviens renversés, nous dirigions conjointement le pays.

À ces mots, il y eut un tonnerre d'applaudissements. Je me rappelle Hita, en cape bleue, avec sur le front le diadème d'électrum qui symbolisait la souveraineté, s'adressant à la foule en paroles simples et pleines de dignité. Elle lui dit que le temps était venu d'expulser pour toujours du pays les prêtres du Serpent et de rétablir la suprématie des Fendeks sur leurs ennemis héréditaires de la province avienne.

Ensuite le rassemblement se dispersa et chacun s'en fut à son poste. On se prépara pour la lutte qui s'annonçait. On forgea des épées sur les enclumes et des officiers exercés s'efforcèrent de former une armée efficace avec les fantassins ellabortiens. Si cela réussissait, nous l'emporterions sur Thafti et Ptuth, même aidés des chevaux aviens, cela ne faisait guère de doute.

On m'attribua de nouveaux appartements au palais. Et cette nuit-là — à ce qui correspondait exactement à notre minuit — alors que la cité était sous l'alternance de son *psus* de torpeur, Nasmaxa me rendit visite.

Je fus frappé par l'air épuisé du vieillard. Il semblait avoir pris de l'âge au cours des quelques semaines où je l'avais connu...

– Seigneur Gowani, voulez-vous réaliser le désir de

votre cœur ? me demanda-t-il.

– Qui ne le voudrait ? rétorquai-je.

– Alors écoutez-moi. Bien que la raison d'État interdise que votre mariage avec Hita soit célébré publiquement, qu'est-ce qui s'opposerait à une cérémonie privée, selon nos lois, de façon que votre esprit soit soulagé en sachant qu'elle vous appartient définitivement ? Mon heure est venue et j'aimerais vous voir unis avant de mourir...

Je bondis, tout à coup bien réveillé, malgré la torpeur qui m'avait saisi — j'avais adopté le rythme des Fendeks tout en dormant pour de bon là où eux se contentaient de se reposer.

Il sourit et posa avec retenue une main sur mon bras.

– Ne misez pas trop sur l'avenir, dit-il. En vérité, j'ignore quel sera l'ultime dénouement de tout cela. Mais du moins saurai-je avant de mourir que la princesse est unie à vous, que j'ai appris à considérer comme un fils.

« Bientôt je m'en irai pour mon dernier repos, mais je reviendrai un jour. Car nous savons que c'est notre destinée, une fois morts, que de renaître dans d'autres corps. Qui sait, la prochaine fois sera-ce dans le monde au-dessus de nous ?

– Il s'écoulera bien des *psus* avant que vous mouriez, Nasmaxa ! répondis-je.

Il n'objecta rien mais m'emmena hors du palais, me fit passer devant les gardes somnolents, traverser le quadrilatère et entrer dans le Temple de l'Aigle, de l'autre côté du Temple du Serpent. Le sanctuaire vide — nul homme n'était resté en vie pour y faire ses dévotions — était un bâtiment simple en pierre blanche, avec un autel tout fond et dessus un aigle en électrum aux ailes déployées pour le vol.

Devant l'autel, en cape bleue, se tenait Hita. À son côté il y avait un prêtre de l'Aigle, le seul survivant âgé de son ordre, resté comme gardien du temple.

Hita s'avança et quand je lui prenais les mains, une violente rougeur se répandit sur ses joues, et ses yeux, un instant levés timidement vers moi, se rabaissèrent.

– Nasmaxa vous a dit, seigneur ? murmura-t-elle.

– Il m'a promis tout ce dont mon cœur languit, répondis-je avec ardeur.

– Mon cher seigneur, avant que cela advienne, je dois vous avouer quelque chose que vous ignorez, reprit Hita. Et vous aussi, ô Nasmaxa, car je l'ai dissimulé même à vous, craignant de vous affliger et de vous causer du souci...

Je vis un air de crainte s'installer dans ses yeux pendant qu'elle parlait.

– Ptuth m'a révélé, dit-elle, qu'il a été prédit que le seigneur Gowani et moi serions effectivement heureux un bref espace de temps, mais qu'ensuite il me perdrait. Pas pour toujours, car un jour nous serons réunis à nouveau ; mais pas avant que tout ceci soit fini. Je n'en sais pas plus...

« Sachez, seigneur Gowani, qu'a été imaginé un moyen par lequel la princesse des Fendeks qui se retrouverait en danger mortel pourrait trouver un sursis. Ce secret a depuis longtemps été confié au prêtre de l'Aigle. Quelle est sa nature, cela, je l'ignore, mais le prêtre lui le sait ; et le moment venu, il me le confiera.

– Oui, croassa le vieil homme, il est sous ma garde pour l'usage de la princesse à tout moment où elle me le demandera.

– Ou moi ? demandai-je.

– Si vous le demandez en son nom, oui seigneur

Gowani, répondit-il.

Je minimisai les craintes de Hita et lui dis que Ptuth mentait, qu'il ne pouvait pas plus prévoir le futur que dévoiler le redoutable Œil de Balamok. Mais Hita m'écouta sans reprendre pour autant courage.

– Ô cher seigneur, répondit-elle, vous devriez savoir que Ptuth le magicien vit depuis le commencement des temps. Il ne saurait mourir, et même s'il était tué, il se créerait un nouveau corps par ses artifices. Et c'est par ce secret que l'éternelle jeunesse me régénérera quand je vieillirai, jusqu'à l'accomplissement de cette prophétie ambigüe.

– Ce sera pour dans bien longtemps, mon amour, répondis-je en pensant aux nombreuses années qui allaient devoir passer avant que l'âge s'appesantît sur nous.

Mais elle ne put que m'adresser un regard avec un mouvement de sourcils inquiet. Puis Nasmaxa, s'avança, prononça les paroles qui nous unissaient secrètement. Alors, comme si ses craintes avaient soudain disparu, elle me laissa la prendre dans mes bras.

C'est dans cette attitude que nous entendîmes s'éteindre les derniers mots de la bénédiction de Nasmaxa. Soudain le prêtre de l'Aigle poussa une exclamation. Nous nous retournâmes sur-le-champ pour découvrir le vieillard gisant à terre. Il ouvrit les yeux tandis que, tombant à genoux, nous nous penchions sur lui.

– Mon heure est venue, ainsi que je le prévoyais, ô seigneur Gowani... dit-il simplement. Que le Dieu Inconnu vous garde, vous et ma princesse. Vous garde des ruses de Ptuth. Des...

Et Nasmaxa mourut.

Chapitre XVII
Les vantardises de Thaxas

Durant les dix *psus* suivants, nous perfectionnâmes nos plans de défense. L'espoir commençait à flotter haut à l'intérieur d'Ellaborta car l'ennemi demeurait inactif. Seuls ceux d'entre nous qui avaient pleine conscience des pouvoirs de Ptuth craignaient la suite des choses.

Il était absolument certain qu'il nous attaquerait sitôt qu'il aurait fabriqué de nouvelles ailes et de nouvelles bombes à lumière. Cette fâcheuse situation nous poussa à envoyer sur-le-champ un messager sûr pour demander à Sar, le prince des Aonoriens, de venir à notre secours à la tête de ses fantassins. Ensuite, par une sortie concertée avec lui, nous pouvions espérer avoir Thafti et Thaxas à notre merci.

Mais la question de savoir qui envoyer nous posait un problème. Le messager devait partir par la voie des airs, ce qui limitait notre choix à l'un ou l'autre des quelque quarante prêtres du Wallaby. Mais ceux-ci étaient ouvertement mécontents depuis l'instauration du culte du Dieu Inconnu au lieu de celui du Dieu du Wallaby, comme ils l'avaient escompté. De fait, l'attitude de Mnur à mon égard était devenue embarrassée et distante. Je ne me défiais pas de lui, mais c'était un souci en plus de tous ceux qui nous assaillaient déjà.

Vers le cinquième *psus ama*, une ambassade adverse arriva sous le drapeau du lama, symbole de trêve. Lorsqu'elle fut admise à l'intérieur des murailles, nous fûmes stupéfaits de découvrir qu'elle consistait en

Thaxas lui-même, avec trois serviteurs.

La crainte respectueuse qu'imposait le prince d'Avia était si grande que le peuple ne le suivit qu'à distance respectueuse. Thaxas était haï plus qu'aucun de nos adversaires du fait des cruautés de ses cavaliers. Néanmoins, mon impression à son égard avait été favorable et elle ne le resta lorsque je le vis devant la reine Hita dans la Salle du Conseil.

- Je vous salue, ô reine ! commença-t-il — à la reconnaissance du titre, un murmure de surprise parcourut les courtisans. Je suis Avien et nos paroles sont brèves, pas enluminées de louanges comme celles des Fendeks, même si aujourd'hui le besoin s'en fasse sentir.

Il s'inclina profondément devant elle et son hommage nous laissa bouche bée d'étonnement.

- Vous savez, ô reine, poursuivit-il, que je ne suis en rien dans votre exil et que peu m'importe que ce soit vous ou votre sœur qui règne, tant que cela ne contrecarre pas mes désirs. Je fus promis à la princesse régnante après la mort de votre père. Par conséquent, ne croyant pas un mot de l'histoire de la vieille sorcière de Ros Marra, je vous réclame pour devenir ma reine... !

Ces mots laissèrent les courtisans stupéfaits. Ils ne purent que fixer Thaxas en se demandant ce qui allait suivre.

- Car un contrat ne peut être annulé, poursuivit le prince d'Avia. Ma tâche est de soutenir la reine légitime, mon devoir et mon droit sont de m'unir à elle ; mais je vous le dis tout net, Hita — là, il eut un geste soudain et violent de sa main gantée — je préférerais manquer renier ma parole, mon serment, mon devoir et même le grand Dieu d'Avia, que de m'unir à Thafti !

« Je n'ai de désir que pour vous, et là où est mon désir, ma volonté est ! Oui, et ma volonté est inaltérable. En conséquence, ordonnez que ce seigneur étranger quitte sain et sauf le royaume fendek, et que le pays retrouve la paix.

Il conclut là-dessus et un murmure d'admiration parcourut les rangs des conseillers. Car l'homme parlait avec honnêteté et sincérité. Il y avait en lui une dignité commandant l'admiration. Même la véhémence de ses paroles inspirait de la sympathie...

Hita se leva de son trône et je pense qu'elle avait été touchée par le franc-parler de Thaxas.

– Je vous ai entendu, prince Thaxas, dit-elle. En vérité, j'aimerais que tous mes conseillers soient aussi francs et sincères. Mais ce que vous dites ne saurait être, car je n'étais pas concernée par le contrat de mon père, et aucun contrat ne peut annuler les souhaits d'une femme dans une affaire telle que le mariage.

Thaxas la regarda fixement.

– Oui, ô reine, je vois bien que c'est ce seigneur étranger, cet imposteur, qui a conquis votre cœur, répondit-il. Pourtant, je jure que d'ici à un *psus ama hak* (cinq jours) je lui aurai arraché les membres un à un et que j'aurai nourri les serpents de sa chair ! Cela, moi, Thaxas, je le jure. Quant à vous — il eut un mouvement du corps englobant l'assemblée — je raserai votre fière cité et y passerai la charrue... !

Il s'inclina devant Hita et quitta les lieux avec un air méprisant, nous laissant silencieux et troublés. Moi en particulier, car je savais bien que tout ceci venait de placer la responsabilité de notre avenir sur mes épaules...

Je pense que les conseillers le sentirent et méditèrent là-dessus, car quelques-uns me jetèrent un regard en coin au moment de nous séparer. Il apparut avec plus d'évidence que jamais qu'avec ce nouveau rebondissement s'ajoutant au mécontentement de Mnur, il allait falloir trouver rapidement une solution à cette situation.

De fait, la visite de Thaxas rendit le peuple tellement furieux qu'il cerna la Salle du Conseil, réclamant qu'on le laisse s'attaquer aux armées aviennes. Paraissant assez belliqueux, avec de bonnes armes et un bon commandement, il nous sembla qu'il pourrait effectuer au moins une sortie passant pour annonciatrice d'une victoire générale. En conséquence, il fut décidé qu'une attaque-surprise serait menée cette nuit contre le gros de l'armée avienne qui campait sur la berge du fleuve.

En même temps, nous choisîmes un des prêtres de Mnur à qui furent confiées des lettres pour Sar qui se trouvait sur ses frontières avec son armée, lui disant qu'Ellaborta était complètement assiégée et qu'il devait marcher immédiatement à notre secours.

Nous regardâmes le prêtre s'élever du quadrilatère et dépasser à tire d'ailes les murailles. Puis les nuées à basse altitude le dérobèrent à notre vue. Sur ce, nous nous mîmes au travail pour préparer notre sortie.

Cinq mille hommes, sous le commandement d'un vieux soldat nommé K'hauls, devaient se mettre en mouvement en une colonne vers le camp principal des Aviens. De petits détachements d'environ trois mille hommes chacun devaient feindre d'attaquer les autres positions le long des routes principales. Moi-même, avec une force de réserve de dix mille hommes, je devais étirer mon armée obliquement le long de la berge du fleuve, maintenant ainsi le contact avec la capitale en cas de besoin. Tout en étant en mesure d'unir mes forces à celles de K'hauls si l'attaque se révélait couronnée d'un succès supérieur à celui escompté.

C'était un spectacle splendide que de voir les détachements de guerriers fendeks qui défilaient, confiants en la victoire, et d'entendre leurs acclamations tandis que Hita, revêtue de sa cape bleue et portant le diadème royal, se tenait sur les remparts, entourée de ses conseillers. Pas un homme qui ne serait mort pour elle ! Je savais que j'occupais ses pensées et je résolus de réduire à néant les vantardises de Thaxas et de frapper un coup qui déciderait du sort de la journée.

Devant nous, dans les prairies, défilaient les hommes de K'hauls. D'abord une ligne de vétérans armés de longues lances, puis deux lignes de jeunes gens avec de courtes lances poignardées et avec lesquelles ils devaient briser les colonnes de nos adversaires ; suivait le corps principal, armé de la large épée droite des Fendeks, d'une efficacité terrible.

Mes hommes étaient, au contraire, tous avec des épées, pour la plupart vétérans d'autres guerres. Je les partageai en trois. Un détachement sous le commandement de Nohaddyii, un vieux général brave et habile, fut disposé entre la porte principale de la capitale et la route qui partait vers le nord-est, en appui d'une des forces auxiliaires. Je laissai le deuxième, sous le commandement de Hamul, camper à environ huit cents mètres de la cité, pour tenir le pont principal qui nous mettait en contact avec notre flanc droit. Le troisième, sous ma direction, suivait à environ huit cents mètres de K'hauls.

Au-dessus de nos têtes volaient des prêtres ailés, dont l'utilité se limitait à la reconnaissance, nos bombes à lumière étant épuisées.

Ayant atteint notre but, j'ordonnai à mes hommes de se reposer et me plaçai en face d'eux sur une petite éminence qui dissimulait en partie leur nombre à tout aviateur avien. De-ci de-là je voyais des prêtres ennemis ailés flottant bien au-dessus des deux lignes, mais ils fuyaient toujours lorsqu'ils étaient attaqués par nos propres aviateurs du Wallaby ; puis les nuages descendirent très vite si bas que toute reconnaissance aérienne se révéla désormais impossible.

Il n'y avait, bien sûr, aucune possibilité de surprise dans ce jour perpétuel. Nous nous étions déplacés durant le dernier *psus* d'activité et nous devions attendre encore un *psus* avant d'attaquer, puisqu'une rupture de cette période de repos aurait été considérée comme une abomination ; de plus, il était fort douteux que les guerriers léthargiques eussent pu être menés à l'attaque durant le *psus* de repos, même s'ils avaient été disposés à violer ce qu'on considérait ici comme une loi divine.

Mes pensées étaient étranges alors que je restai là, seul, à observer les soldats fatigués, privés de toute forme d'intérêt et de pensée, enfermés dans leur torpeur. Je pensai surtout à Hita, et à Sewell, me demandant où il était ; puis au vieux Joe qui rêvait qu'il avait été roi... Je me demandai si par extraordinaire il ne serait pas lui aussi entré dans cette contrée souterraine... Puis je m'assoupis, jusqu'à ce qu'enfin l'excitation d'un *psus* de bataille à venir parcourût mes veines. Je me retournai et aperçus mes hommes qui se levaient, saisissaient leurs corselets cuirassés pour se les attacher avant d'empoigner leurs épées.

Chapitre XVIII
Victoire à la Pyrrhus

De là où je me tenais, je pouvais voir le panorama complet du champ de bataille.

À l'extrême droite, de l'autre côté du fleuve, nos avant-postes s'enfonçaient déjà dans les éclaireurs de la cavalerie de Thaxas qui tournaient autour d'eux sur leurs féroces chevaux mais n'osaient pas charger ces rangs de lanciers bien armés. Une petite partie des forces ennemies fit une reconnaissance du côté du pont mais, le trouvant bien gardé, se replia également.

En face de moi le camp ennemi crachait ligne après ligne de cavaliers qui décrivaient ensuite des cercles à droite et à gauche pour trouver les points faibles de nos forces. Devant le camp de Thaxas, un nombre impressionnant de cavaliers se mettait en ordre de bataille et je m'imaginais que celui qui évoluait en tous sens devant eux était Thaxas en personne.

Entre eux et nous, K'hauls disposait tranquillement et résolument ses hommes en colonne pour affronter l'attaque.

Celle-ci finit par se déclencher. Avec des exclamations sauvages, dans l'éclair des épées et le tonnerre des milliers de sabots, les cavaliers aviens coururent sus à la colonne compacte qui leur faisait face. Je retins ma respiration en voyant la première ligne continue s'avancer en plein vers nos lanciers. Encore un moment et le combat s'engagea.

À nos oreilles retentirent des hurlements et le fracas

de l'épée sur la lance. Un nuage d'une lourde poussière recouvrit la plaine. Cette folle confusion dura des minutes entières, tourbillon de poussière semblable à un cyclone, entrecoupé de traits lumineux serpentiformes.

Le combat décisif était engagé sur la totalité de notre front. Alors que se déroulait la charge de Thaxas, je vis un gros détachement de cavaliers se diriger vers le pont. Mais je n'eus que le temps de leur jeter un regard et de prier pour que les Fendeks tiennent bon. Mais soudain, à ma consternation, comme la poussière commençait à retomber, les rangs de K'hauls se fendirent. Ils s'effondrèrent comme à regret, se divisant en deux masses de formes irrégulières ; et tout droit par la brèche, Thaxas s'avança en hurlant à la tête de ses hommes.

Je lançai un ordre sec et nos troupes s'avancèrent à l'unisson pour garnir la crête. En dessous de nous je vis la cavalerie avienne avancer droit dans notre direction, Thaxas à sa tête, son casque à demi-arraché. Ils étaient à présent à cinquante pas à peine. Thaxas me reconnut. J'entendis son rugissement de défi. Je vis son cheval monstrueux se dresser.

– Maintenant ! *Khoom !* Nous étions face à eux et au milieu d'eux, taillant, affrontant les coups et combattant comme des déments parmi ces sabots tonnants. L'un d'eux me fendit le bras de l'épaule au poignet, comme si les trois orteils avaient, été des rasoirs. Je ne sentis rien. À maintes reprises je m'élançai sus à Thaxas, mais à peine eûmes-nous le temps d'en venir aux coups que dans des hommes nous séparèrent. Les Fendeks se battaient loyalement jusqu'à la mort.

De la poussière tout autour de nous, de la confusion partout et plus le moindre semblant de ligne ! La bataille s'était réduite à une série de combats individuels. Mais bientôt le tumulte décrût et, au travers de la poussière qui se déposait, je découvris que Thaxas s'était enfoncé nettement dans nos rangs, tout comme il l'avait fait dans ceux de K'hauls. Mais il y avait une différence de taille : au début ses cavaliers et leurs bêtes étaient frais et ivres de victoire mais à présent leur force et leur ardeur étaient consumées et presque tous les chevaux étaient blessés. Le champ de bataille était devenu un bourbier pourpre de sang.

Thaxas reformait ses rangs. Si nous l'emportions de loin en nombre, avec nos propres rangs dissociés et les traînards du groupe de K'hauls, il était impossible de présenter un vrai front face aux Aviens. Ce qui ne nous empêchait pas pour autant de les encercler.

Je vis que la victoire était à nous. Le détachement du pont avait tenu victorieusement et maintenant le vétéran Nohaddyii arrivait à la rescousse. Je voyais le miroitement de ses casques et j'entendais les clameurs de ses troupes fraîches.

Je découvris parmi les soldats de Thaxas Thafti qui portait un long voile flottant en l'air. Elle nous montrait du doigt et incitait ses hommes à charger, tandis que Thaxas semblait faire grise mine à ses côtés.

Une fois encore s'éleva le fracas de la charge. Une fois encore les chevaux sauvages furent sur nous, cous tendus et mâchoires cherchant à mordre. De nouveau la danse de l'épée et de la lance, de nouveau le redoutable cri de guerre avien. De nouveau la poussière, et une fois de plus je rencontrai Thaxas et le perdis, le retrouvai, le reperdis et me retrouvai seul, l'épée dégoulinante, debout au centre de la tempête de poussière, tandis que le grondement de la bataille invisible faisait rage autour de moi.

Soudain je pris conscience de la présence de Sewell près de moi. Il était à pied, cramponné à la bride d'un cheval épuisé sur lequel se trouvait Thafti.

– Prenez-la, Gowani ! hurla-t-il. Je l'ai faite prisonnière pour vous. Et prenez-moi aussi. J'ai tout le temps fait semblant ! Vous ne voyez pas, Gowan ? J'étais de votre côté... !

Thafti souleva son voile. Son hideux visage était sévère, presque beau de maîtrise et de courage.

Maintenant les hommes accouraient. Ils les reconnaissaient et, poussant des cris empressés devant de telles prises, les entouraient. J'appelais un de mes capitaines et lui ordonnai d'escorter sous bonne garde les prisonniers jusqu'à Ellaborta.

Puis je me tournai vers la bataille qui faiblissait dans le lointain. Nohaddyii était à mon côté et, tendant la pointe de son épée, s'écria :

– Nous avons gagné, seigneur !

La poussière retombant, je vis Thaxas qui se retirait avec le reste de ses forces.

– Seigneur, chargeons sus à leur camp ! Ils sont battus à plate couture ! s'exclama-t-il.

Mais alors même qu'il parlait, surgit un nouveau tumulte sur notre aile gauche. À ma consternation je vis les cavaliers aviens déferler sur le pont et les troupes de Hamul refoulées dans un combat brave mais trop inégal contre la force du nombre.

Si les Aviens pouvaient contrôler nos communications à leur point central, nous n'avions pas gagné mais bel et bien perdu la partie.

Je dépêchai immédiatement Nohaddyii avec ses renforts pour reprendre le pont. Mais comme ses hommes attaquaient, ils se mélangèrent à ce qui restait des hommes de Hamul en débandade et, profitant de la confusion, les Aviens les repoussèrent facilement.

Simultanément Thaxas lança une dernière attaque sur nous. Mais voyant que nous faisions face pour l'accueillir, il refusa le choc et se déploya en éventail le long de nos rangs et vers notre gauche, cherchant à emprisonner nos flancs dans un mouvement enveloppant. Entre-temps les hommes de Nohaddyii reculaient en pleine débandade vers Ellaborta. Je vis le brave guerrier, refusant de fuir, se retourner, faire face seul à l'ennemi et recevoir un coup mortel.

Il n'y avait plus rien d'autre à faire que sonner la retraite maintenant que nos communications étaient coupées par la perte du pont. Les Aviens, en le submergeant, avaient déjà rejoint Thaxas et nous étions complètement encerclés par ces cavaliers sauvages qui lançaient des assauts insensés pour jeter la confusion parmi nous et parachever ainsi leur victoire.

Mais mes hommes tenaient ferme, ils n'eurent pas cette joie. Littéralement mètre par mètre, nous nous frayâmes un passage vers la capitale, le regard fixé sur les remparts garnis de spectateurs et encouragés par leurs cris. Nous laissâmes une traînée sanglante derrière nous. À la fin, voyant que nous restions inébranlables, la cavalerie avienne se retira à regret à un peu plus d'une portée de flèche des murailles.

Les portes s'ouvrirent pour nous accueillir. À l'entrée se tenait Hita parmi ses conseillers. Et, à mon étonnement, au lieu de reproches pour un combat perdu nous reçûmes un tonnerre d'applaudissements.

– Un valeureux combat, seigneur Gowani ! s'exclama Hita. On n'aurait jamais cru que nos Ellabortiens feraient une telle démonstration de bravoure contre l'invincible Thaxas !

Après tout la bataille n'avait été véritablement une défaite que sur un point. Thaxas avait laissé neuf mille hommes sur le terrain et nos propres pertes se montaient à un peu plus de la moitié de cela. Hormis la prise du pont, nous l'avions emporté complètement. Une prise, comme nous l'apprendrions plus tard, dûe à la défection d'un détachement d'auxiliaires fendeks, des hommes d'une autre cité qui avaient cédé devant la première charge des cavaliers aviens.

Cependant, sur un plan, Thaxas l'avait emporté. Car les voies de communication entre nos forces se retrouvaient coupées et on nous avait refoulés à l'abri des murailles. Dès le lendemain Thaxas avança son camp presque jusqu'à portée de nos flèches.

Mais nous avions capturé Thafti. La princesse était logée, avec Sewell son ravisseur, dans les souterrains sous la porte intérieure et devait être emmenée, après le *psus* de repos, devant Hita et son conseil.

Aussi notre retour à la cité fut-il davantage une marche triomphale que l'aveu d'un échec. Thaxas avait remporté une victoire à la Pyrrhus. Encore une du même genre et son armée n'existerait plus... Déjà la moitié de ses hommes se retrouvaient à pied et basculés en infanterie.

Mais que faisait Ptuth ? Combien de temps nous restait-il avant que ses redoutables bombes à lumière entrent en jeu et que ses guerriers ailés sèment la destruction sur Ellaborta ?

Arriveraient-ils avant que Sar, le prince des Aonoriens, vienne à notre secours ?

La réponse allait nous être donnée plus tôt qu'aucun de nous ne l'aurait rêvé...

Chapitre XIX
La dague cachée

Au bout du *psus* de repos, nous nous réunîmes dans la salle du conseil, qui était remplie par la foule. La cape écarlate de Thafti se détachait avec éclat au milieu de tous.

À côté d'elle se tenait Sewell, et même ceux qui haïssaient le plus Thafti la plaignaient d'avoir été faite prisonnière suite à un acte d'une telle bassesse.

Je voyais bien que l'acte perfide de Sewell amoindrissait mon propre prestige parmi les Fendeks, car l'homme avait été mon compagnon. J'étais bien conscient les regards douteux qui m'étaient jetés et me rendais compte combien ténu était le fil qui me maintenait en place. Ce fil c'était l'amour d'une femme et sa foi en moi.

Mnur se leva.

– C'est la coutume d'interroger les captifs, dit-il. En conséquence, que le seigneur Séwoul explique comment il se fait qu'il vienne ici avec la princesse Thafti en prétendant être son ravisseur ?

Sewell répondit avec hardiesse, apparemment inconscient de l'infamie commise.

– Écoutez, ô reine et seigneurs du conseil, et vous, Gowani, vous qui êtes entré dans ce pays avec moi pour ami, commença-t-il.

« Il y a peu de *psus*, le seigneur Gowani fut fiancé à Thafti, reine des Fendeks, et il n'émit pas la moindre protestation, quoique son cœur se soit déjà tourné vers vous, ô reine. En conséquence, voyant que nous étions égaux dans notre pays, ô Thafti, je demandai la main de votre sœur qui n'était que simple princesse. Celle-ci me fut aussi accordée. Puis, dans le temple, le prince Thaxas vous réclama, Thafti, et cet honneur lui fut accordé. Alors, voyant que la trahison était partout autour de nous, je décidai moi aussi de jouer un rôle. En conséquence, pour sauver ma vie et ma place à votre service, reine Hita dont la main me fut donnée, je feignis de m'allier avec Thafti ici présente. Je savais que de la sorte je serais en mesure de la livrer entre vos mains. Ainsi, m'étant révélé un loyal serviteur, je demande que mes services soient récompensés...

À ces mots, une intense agitation éclata parmi le peuple et parmi le conseil, certains protestant que Sewell était doublement traître et d'autres qu'on l'avait durement traité et qu'il avait agi loyalement. Nous donnâmes notre opinion chacun à notre tour, les uns étant en faveur d'une libération et d'autres demandant qu'on le mît à mort ou qu'il fût conduit hors de la cité. Finalement vint mon tour de parler, et je restai un moment silencieux, car que répondre ?

Je savais Sewell lâche, traître et assassin, mais cet aspect des choses était sans objet dans les circonstances présentes. Et puis, malgré tout, nous étions venus ensemble en Annoryii.

- Ô reine ! dis-je enfin. Il a rendu un service et est entré de lui-même à Ellaborta. Donc nul châtiment ne saurait s'abattre sur lui. Mais ne lui accordez nulle confiance... !

Hita se leva.

- Il en sera donc comme vous venez de le dire,

seigneur Gowani, répondit-elle.

À ces mots des regards noirs me furent lancés par tous, car il était clair que le jugement de Hita soutenait le mien.

– Bientôt, murmura un des prêtres de Mnur, nous serons tous sous la botte de cet étranger !

Hita se tourna vers Thafti.

– Salutations à vous, ma sœur, dit-elle. Il n'y a guère de *psus ama*, j'étais devant vous à cette place, et donc mon cœur est enclin à vous accorder sa pitié.

Thafti se tourna, hautaine, vers Hita.

– Je ne cherche nulle pitié.

– Néanmoins, dit Hita fièrement, vous êtes prisonnière et entre mes mains. Qu'avez-vous à dire, mon usurpatrice de sœur, au sujet du mensonge que Ptuth le magicien a mis dans la bouche de Ros Marras à propos de votre naissance et de la mienne ?

À ces mots, Thafti se raidit dans ce geste caractéristique de mépris et d'orgueil que j'avais déjà observé. Elle se tint droite devant la reine et rejeta son voile. Il n'y eut guère d'hommes présents pour ne pas grimacer à sa vue. Thafti parcourut chacun d'eux de son regard, comme si elle souhaitait vider la coupe de l'humiliation jusqu'à la lie.

– Ô reine ! Ô Hita ! Ô ma sœur ! commença-t-elle d'une voix mélodieuse qui monta graduellement en tension et en volume jusqu'à emplir la salle de son chant. Ma sœur, nous sommes nées sous deux humeurs différentes de notre seigneur Balamok. Car je vais voilée, comme lui, mon visage étant hideux aux yeux des hommes, alors que vous êtes belle et agréable à regarder. Et pourtant j'ai un cœur et, singulièrement, il ne s'est pas desséché, comme mon visage, sous l'opprobre et le mépris des hommes.

Maintes fois a-t-on cherché à me fiancer à quelque prince, et chaque fois celui-ci m'a dédaignée. Oui, et le prince aveugle de Lassayii n'a-t-il pas fait part que, quoique ses yeux fussent aveugles, ses oreilles, elles, étaient ouvertes à la réputation que se portaient les hommes entre eux ? En vérité, une manière assez subtile de repousser sa suzeraine...

« En conséquence, ma sœur, puisque l'amour de l'homme m'était refusé, j'ai cherché le pouvoir. J'ai cherché à gouverner ce royaume. Et je l'ai gouverné dignement.

Là, à notre consternation, une voix parmi les spectateurs de la vaste salle du conseil lança un « Oui ! » puis deux ou trois reprirent ce cri avant qu'il fût noyé dans la désapprobation des autres. Une tempête d'acclamations éclata en faveur de Hita. À nouveau deux ou trois voix se manifestèrent en faveur de Thafti. Thafti écouta et s'inclina ironiquement vers les spectateurs.

– Je remercie le peu de mes anciens sujets qui se souviennent de leur confiance et de leur loyauté passées, dit-elle. Mais c'est à vous que je parle, ma sœur. Quand il fut proposé que l'on vous mît à mort, je l'interdis, tout en sachant que, selon l'ancienne prophétie, vous me supplanteriez un jour et que vous seriez pour quelque chose dans ma propre mort...

« Je vous ai montré de la clémence lorsque j'étais puissante, mais si j'étais maintenant reine à Ellaborta, je jure que je vous ferai mourir sous la torture et que votre carcasse serait jetée aux serpents.

À ces paroles téméraires il y eut un flottement soudain, suivi par un silence absolu dans la salle du conseil. Le visage couturé de Thafti se tourna vers celui de Hita. Je vis que la douceur de celui-ci masquait une volonté tout aussi indomptable. Rouge de colère, Hita affichait désormais une expression hautaine digne de celle de Thafti.

- Il est mal venu que vous, une simple prisonnière, osiez me menacer, moi, une reine ! dit Hita. Je pourrais fort bien oublier cet appel à la pitié que vous avez lancé. Et que nous avons eu le même père...

- Je ne veux pas de votre pitié, ma sœur, rétorqua fermement Thafti. Cependant vous devez savoir que même moi qui voile ma face à cause de son abomination j'ai un cœur et que j'ai aimé. Oui, j'ai aimé une seule fois, un homme que j'aimerai pour le bref restant de ma vie : le seigneur Gowani ici présent !

Elle marqua un temps d'arrêt et, en cet instant dramatique, elle tint l'assemblée sous son emprise. Dans son cœur de femme, Hita s'attendrit et inclina vers la pitié, cette pitié que Thafti dédaignait.

Quant à moi, je me sentais complètement ridicule.

Soudain, sans un mot, Thafti sortit une petite dague de ses robes et se la plongea dans le corps. Le jet de sang sombre coula sur sa cape cramoisie.

Elle demeura debout encore un court instant, posant un regard provocant sur sa sœur. Puis ses yeux cherchèrent les miens. Il me sembla à ce moment-là que l'amour avait rendu Thafti presque belle...

Puis, comme les conseillers se précipitaient vers elle, Thafti s'effondra à terre, sanglota et s'immobilisa. La lame lui avait percé le cœur.

Hita poussa un cri puis, oubliant leur inimitié, oubliant qu'elle était reine, elle s'agenouilla à côté de Thafti, tenant sa tête sur ses genoux. Elle leva un regard angoissé vers moi.

Soudain des cris venus du dehors attirèrent notre attention. La foule paniquée fuyait de la salle de réunion. Sous la pression de certains conseillers, j'abandonnai à regret Hita auprès de sa sœur et sortis en hâte.

Volant tout au-dessus de nos têtes apparut un des prêtres du Serpent et, comme il chutait vers nous, on put distinguer, fixé à un long bâton le drapeau de trêve au lama suspendu à sa cuirasse.

Il descendit encore et nous vîmes qu'il tenait quelque chose dans sa main gauche. Il le souleva pour le jeter, et l'objet décrivit une courbe dans les airs avant de s'écraser sur les pierres du quadrilatère.

C'était une tête d'homme coupée. La tête du prêtre du Wallaby, le porteur de notre message à Sar.

Hamul vint à moi.

- Ceci signifie la fin de tout, dit-il, à moins que...

Il m'entraîna vers les remparts. Baissant les yeux, je vis les guerriers de Thaxas campant tout autour des murailles.

- À moins qu'un autre messager s'envole rapidement, l'interrompis-je. À qui pouvons-nous nous fier ?

- Voyant son regard posé sur le mien dans un silence respectueux, je compris où il voulait en venir.

- Combien de temps me faudra-t-il pour atteindre la frontière aonorienne ?

- Avec des ailes, un *psus hak*. En volant sans s'arrêter.

- J'irai... ! répliquai-je. Informez le conseil de ma décision.

Sans hésitation je me dirigeai vers le palais et entrepris de fixer mes ailes sur moi.

Chapitre XX
L'Œil de Balamok

Il y eut à peine cinq minutes entre mon départ de la salle du conseil et mon envol vers Aonoria. Heureusement, c'était le début du *psus* de repos. Déjà l'apathie saisissait la foule sous mes pieds. Chacun s'affaissa là où il se tenait et demeura dans une méditation rêveuse et indifférente. À l'intérieur de la salle du conseil, je savais que Hita se reposerait auprès du corps de sa sœur et les conseillers sur leurs sièges jusqu'à ce que le *psus* de repos s'achevât.

Quant à moi, je n'étais pas encore assez acclimaté à cette habitude pour ne pouvoir repousser la langueur qui s'emparait de moi. Je savais que cela me préserverait de toute poursuite des prêtres du Serpent. Je m'élevai haut dans les airs et choisis ma trajectoire, droite comme celle d'une flèche et presque aussi rapide, survolant les cavaliers de Thaxas cantonnés sous mes pieds, et battant des ailes vers la frontière d'Aonoria.

Ellaborta ne fut bientôt plus qu'une vague tache dans le lointain qui disparut en peu de temps. Pendant des heures je survolai les cimes des grandes fougères arborescentes, ne ressentant nulle fatigue puisque le mouvement des ailes était automatique. Je repoussai résolument le sommeil qui pesait sur mes paupières. Des heures passèrent — des jours peut-être : je somnolai dans les airs, me réveillant en sursaut pour me retrouver en train de chuter, m'orientant par cet étrange instinct qui, en l'absence d'étoiles ou d'un soleil visible, semblait commun à nous tous qui vivions en Annoryii.

Je distinguai enfin à travers mes paupières embrumées les feux d'une grande armée qui s'étendait sur une plaine sous mes pieds. J'entamai ma descente vers le camp de Sar.

La vue de ces milliers de lanciers, jeunes, vigoureux, disciplinés, raviva mon courage. Je fus conduit à Sar, qui croisa ses mains sur sa poitrine avant de prendre les miennes et m'écouta lui rendre compte brièvement des événements des jours passés.

– Des rumeurs de tout ceci me sont déjà parvenues, répondit Sar, et je n'attendais qu'un ordre pour faire franchir la frontière à mes troupes, ainsi que la reine Hita me l'avait ordonné. Elles se mettront en route dès la fin du prochain *psus* de repos. Voulez-vous vous reposer, seigneur Gowani, avant de nous accompagner ?

Je secouai la tête et lui dis que je devais m'en retourner immédiatement. Si fatigué et harassé que je fusse, je sentais que je ne pourrais fermer les yeux tant que je n'aurais pas rapporté à Hita la nouvelle de mon succès.

À ces mots, Sar me regarda bien étrangement. Une chose curieuse pour laquelle je n'ai toujours aucune explication : alors qu'il me regardait, il me sembla discerner en lui les traits d'un jeune prospecteur que j'avais connu à Kalgoorlie un an ou deux auparavant, un jeune homme qui était parti pour un voyage de prospection dont il n'était jamais revenu. Certains avaient cru qu'il s'était perdu dans le désert, d'autres qu'il en était sorti par une autre route...

C'était pure supposition, bien sûr. L'instant d'après, Sar dit :

– Seigneur Gowani, qu'êtes-vous venu faire dans cette

contrée et pourquoi vous y attardez-vous ? Ethnabasca n'est pas plus loin d'ici qu'Ellaborta. Si vous voliez résolument jusque là bas puis escaladiez la montagne pour émerger dans le monde extérieur, nul ne vous ferait obstacle...

« Mon père, qui était très versé dans les choses de la sagesse, me disait qu'il est un secret connu des prêtres du Soleil qui dominent à Zelryii, ma capitale, selon lequel tout homme a deux vies : une éveillée et une dans son *psus* de repos. Pendant le *psus* de repos, la vie éveillée ne semble être qu'un rêve. Pendant la vie éveillée, le *psus* de repos semble n'être qu'un rêve. Laquelle est le rêve et laquelle est la réalité, nul ne le sait autre que les dieux.

« Quoi qu'il en soit, si on s'attarde trop dans l'un ou l'autre état, les dieux qui veillent sur l'homme, dans l'éveil ou le songe, peuvent se saisir complètement de lui, si bien que sa vie alternative est perdue. Seigneur Gowani, si j'étais vous, je quitterais Annoryii, où toutes ces luttes, batailles, rivalités et trahisons ne sont peut-être qu'un rêve de votre *psus* de repos, et je regagnerais ma contrée natale...

Étrange philosophie. Il poursuivit, disant quelque chose que je ne me rappelle pas entièrement ; quelque chose selon quoi tout le théâtre de la vie n'est qu'une illusion mise en scène en faveur de l'âme individuelle dans sa progression d'une vie à l'autre. Je pense qu'il essayait de suggérer que tout ce qui était advenu en Annoryii était une sorte de jeu à mon profit, une sorte de pièce morale pour l'âme. J'écoutai tout cela avec un intérêt à la fois marqué par l'impatience et par l'apathie.

Mais par le Ciel, tout ceci était pourtant bien réel ! Hita et le traître Sewell, Ptuth, Thaxas et sa grande armée qui se déployait autour des feux de camp... !

Je fis mes adieux à Sar et m'élevai dans les airs pour reprendre mon vol épuisant vers Ellaborta. À présent c'était la fin du *psus* d'activité ; l'instinct commun à tous me soufflait que le *psus* de repos était proche et qu'il était douteux que je pusse en sauter encore un autre.

Soudain une lassitude inimaginable se saisit de moi. Je n'arrivai même plus à suivre ma trajectoire. Doucement je me laissai descendre vers le sol et je m'endormis presque avant d'atterrir sous une fougère arborescente géante.

Je me réveillai aussi soudainement que si j'avais été arraché au sommeil par quelque main invisible. Le pressentiment d'un danger grandissait à chaque instant. J'ignorais combien de temps j'avais dormi, mais j'avais l'impression que bien des *psus* avaient dû passer pendant que je gisais inconscient...

Je me levai en hâte, enclenchai le mécanisme et repris une fois encore mon essor. Mais au cours de mon vol mon inquiétude ne fit que s'accroitre. Car il y avait une étrange chaleur dans l'air, telle que je n'en avais jamais connue dans cette contrée de nuages, ainsi qu'une clarté blafarde entourant le zénith, comme un grand halo de lumière. Et j'avais l'indéfinissable intuition d'un danger pour Hita.

Des heures passèrent. Enfin la forêt s'acheva et la grande plaine d'Ellaborta se déploya sous mes pieds. La tache vague se dessinant au loin était la capitale. Mais la plaine était emplie de légions d'hommes armés, des hommes de Sar qui m'avaient précédé pendant les jours au cours desquels j'étais resté totalement inconscient. Les murailles étaient garnies de guerriers qui s'affrontaient.

J'entendis le vacarme de la bataille qui s'élevait

et, comme je m'approchais des remparts, les Aviens déferlèrent dans les rues d'Ellaborta, repoussant nos hommes devant eux.

D'autres détachements, ayant gagné les murs, tenaient Sar en échec. Les Aviens avaient dû recevoir d'énormes renforts et seul un miracle pouvait sauver la cité avant que Sar enlevât les défenses extérieures.

Tout en décrivant des cercles au-dessus du donjon, je vis que Thaxas était déjà maître de la cité intérieure. Le palais était en feu. La salle du conseil flambait furieusement et des détachements de cavaliers menaient nos hommes comme des moutons à l'abattoir.

Je me posai au milieu du quadrilatère, où une petite troupe d'Ellabortiens disputait toujours le terrain aux Aviens. J'arrachai une épée à un mort et, me plaçant à la tête des défenseurs, les menai contre les cavaliers qui s'avançaient.

C'est alors que Thaxas bondit hors de la foule vers moi, sauta de cheval, les yeux lançant des éclairs.

– Une rencontre qui tombe à point, seigneur Gowani ! s'écria-t-il. Ici et maintenant, je vais tenir la promesse que je vous ai faite dans la salle du conseil, imposteur de la terre d'en haut !

En un instant nous nous retrouvâmes au centre d'un cercle de guerriers qui cessèrent le combat pour suivre le duel entre les deux chefs. Thaxas m'assenait de terribles coups de son énorme épée, mais son armure l'encombrait et je parvenais à les parer ou à les esquiver, cherchant toujours une ouverture. Il lança soudain vers ma tête un coup terrible et, comme je m'écartais d'un bond, la pointe de sa lame accrocha ma joue, la fendant de l'oreille au menton. Mais quelques secondes plus tard ma pointe perça son corselet et son sternum pour ressortir de dix centimètres dans son dos.

Il toussa, tournoya sur lui-même, saisit la lame et essaya de la retirer. Puis, s'écroulant de face, la haine dans ses yeux levés vers moi, il passa de vie à trépas.

Les Aviens restèrent stupéfaits face à la mort de leur grand chef. Saisissant l'occasion, les Fendeks les refoulèrent vers le palais enfumé. Tout n'était pas perdu, bien que notre situation fût toujours désespérée. Mais soudain un des prêtres du Wallaby courut à moi, me saisissant par le bras.

– Nous avons été trahis, seigneur Gowani ! hurla-t-il à mon oreille. Le seigneur Séwoul, le traître, est venu ici dans un but inavouable ! Une fois pardonné, il a conspiré avec Mnur, le deux fois traître, et il a ouvert la porte intérieure aux forces aviennes durant le *psus* de repos ! Si bien qu'au moment où le *psus* était fini, les Aviens ont pris d'assaut nos défenses... !

– Et Hita ? m'écriai-je.

– Elle est dans le temple de l'Aigle, où un détachement de gardes la défend. Mais, seigneur, il se trame bien plus dangereux que cela. Mnur a comploté quelque chose de maléfique avec Ptuth dans la Chambre de la Lumière. J'ignore quoi, mais il va s'abattre sur Fendika une catastrophe pire que tout ce qui est...

Je me dégageai de sa prise et me précipitai vers le Temple de l'Aigle en traversant un terrain encombré de morts et de mourants. Sur les marches, je vis une troupe d'Aviens, à pied mais bien armés, qui courraient, l'épée à la main et le bouclier levé au-dessus de la tête. Une fois à l'intérieur je vis les capes bleues des défenseurs de Hita, réduits à une poignée, au milieu d'un cercle de cadavres.

Mais Hita n'était pas là... ! Je dépassai rapidement les

capes bleues qui, me reconnaissant, se tournèrent un instant vers moi avant de reprendre le combat. Nul ne faisait attention à moi, si féroce était la mêlée, si folle la haine.

À l'intérieur du temple je découvris un homme très âgé qui se tenait près de la forme basse de l'autel dans une attitude contemplative. C'était le prêtre de l'Aigle, le dernier gardien laissé après le massacre des hommes de l'Aigle. Mais durant les quelques *psus* qui s'étaient écoulés depuis que je l'avais vu, il semblait être passé d'une vieillesse robuste à une complète sénilité.

– Où est la reine ? hoquetai-je.

Il me regarda et, lentement, l'impression qu'il me reconnaissait se dessina sur son visage ridé.

– N'est-ce pas vous qui êtes venu me demander le secret au nom de la reine ? balbutia-t-il.

– Non, espèce d'imbécile ! hurlai-je, voyant là un coup tordu de Ptuth. Car naturellement Ptuth avait été au courant... Rien n'échappait au magicien dont l'emprise sur Fendika était inébranlable.

– Alors ce devait être l'autre seigneur venu d'ailleurs, murmura le vieillard.

Je le pris par les épaules et le secouai violemment.

– Où dois-je aller ? lui hurlai-je aux oreilles.

Il tituba vers l'autel et, appuyant sur une protubérance, fit pivoter un grand bloc de pierre, dévoilant un escalier secret.

Je plongeai dans une obscurité totale. Mais au bout du passage apparut un rayon de lumière. Devant moi se trouvait une cour, dérobée à la vue depuis le quadrilatère par les hauts murs qui s'élevaient de tous côtés.

Le centre de cette cour était occupé par un monstre énorme et hideux. C'était une sorte de ptérodactyle, un grand lézard ailé de plus de six mètres de long aux membres arrière courts et puissants et à l'échine courbée et ondulée sur laquelle était sanglée une selle rembourrée.

Tout près de celui-ci, Hita se débattait dans les bras de Sewell. Il la tenait étroitement serrée dans ses bras et essayait de monter avec elle sur l'énorme bête, bien que je ne pusse deviner comment celle-ci pourrait s'échapper de cette enceinte.

À ma vue, il s'arrêta et resta bouche bée de peur et de stupéfaction. À cet instant je fus frappé par le singulier changement intervenu en lui, le même que chez le prêtre de l'Aigle... Il semblait avoir vieilli ; il avait quitté Kalgoorlie avec moi encore jeune mais à présent il paraissait plus que d'âge moyen...

Je m'élançai vers lui l'épée levée et il libéra Hita pour fuir. Bien qu'il fût en apparence désarmé, je l'aurais abattu, même en fuite. Mais soudain il se retourna et tira de sous sa cape l'automatique qu'il m'avait dit avoir perdu dans l'affrontement avec les sauvages à l'entrée du monde souterrain.

Six coups partirent à intervalles rapprochés avant que je pusse arriver près de lui. Je les entendis siffler autour de moi et sentis une douleur violente dans ma poitrine, au-dessus du cœur. L'instant d'après, je tranchai le bras droit de Sewell d'un seul coup d'épée.

La petite cour se mit à vaciller autour de moi. Je me retournai vers Hita et vis une bande d'Aviens faire irruption dans les lieux. Ils étaient venus à bout de la résistance finale des partisans de Hita et montaient à l'assaut avec des cris triomphants.

À demi évanoui, je sentis Hita me tirer jusqu'au ptérodactyle. De toutes ses forces elle me tira sur le dos du monstre et prit place derrière moi en me tenant.

Et, juste au moment où j'étais à portée d'épée des Aviens, le lézard aux grandes ailes s'éleva dans les airs.

Il dépassa les toits des temples. Sous nos pieds le quadrilatère était empli d'une clameur confuse et de petits groupes se battaient à mort. La cité extérieure était à présent tombée entre les mains des hommes de Sar qui avançaient bouclier contre bouclier vers le donjon. Et toute la capitale était en flammes. Ruine et destruction de tous côtés !

Alors, au-dessus de nous, les nuages se déchirèrent soudain et apparut un énorme soleil embrasé qui semblait emplir tout le zénith. La trahison de Mnur avait réussi. La suppression des cônes qui concentraient les rayons avait permis à l'astre intérieur de disperser les nuages. Les gens avaient dit vrai lorsqu'ils prêtaient ce pouvoir à Ptuth...

Un cri affreux s'éleva :

– L'Œil de Balamok ! L'Œil de Balamok !

Je tirai la cape de Hita par-dessus sa tête et redressai la mienne. Je mis mon visage à côté du sien. Je l'entendis murmurer :

– Avec toi, seigneur, vers les sombres contrées par-delà Balamok, là où nous puissions enfin vivre ensemble !

Chapitre XXI
L'antique prophétie

Le manuscrit était déchiré à cet endroit, comme fait exprès. Achevant sa lecture, le jeune Anglais, qui avait été complètement absorbé toute la journée, leva les yeux pour la première fois.

Le soleil s'enfonçait vers l'ouest, le mirage de l'après-midi dansait toujours à l'horizon du Grand Désert Victoria, mais il y avait déjà l'haleine fraîche de la nuit dans l'air. Il se leva et arpenta la petite maison de pierres.

Il brûlait d'impatience d'apprendre la suite des aventures de Gowan. Il déblaya le sable autour des pieds de la table, sans grand espoir de trouver quoi que ce fût de plus, et c'est avec ravissement qu'il tomba sur un autre morceau du manuscrit, apparemment jeté après avoir été écrit. Il fit disparaître les plis du papier cassant et lut du mieux ce qu'il put déchiffrer :

... ce paradis terrestre où des fruits mûrs pendent aux arbres et nulle autre âme que Hita et moi. De l'eau fraîche de sources cristallines... était à l'origine de l'histoire de la création, le Jardin d'Éden perdu... et du temps qui passait, à voir vaguement nos visages dans les ténèbres.

... tristesse que je ne pus m'empêcher de remarquer. Durant longtemps elle tourna vers moi un visage souriant et exprima son bonheur. Pourtant à la fin le moment arriva où je la décidai enfin à me dire ce qui pouvait bien la troubler comme cela.

– Seigneur Gowani, répondit-elle, ne vous ai-je pas dit dans le temple de l'Aigle que Ptuth le magicien ne peut être renversé et que la jeunesse doit m'être rendue avec la vie éternelle quand je serai vieille, selon ce qui m'a été imposé, et ce jusqu'à ce que la prophétie soit accomplie ?

– De nombreux et longs *psus ama* doivent encore s'écouler avant que vous soyez vieille, Hita... répondis-je. Quant à la prophétie, n'a-t-elle pas été accomplie ?

– Non, seigneur, répondit-elle doucement. Car nous n'avons pas régné à Ellaborta, ainsi qu'il était décrété. Aussi la jeunesse doit-elle m'être rendue par Ptuth, qui sans doute règne toujours là-bas...

J'étranglai le cri qui montait dans ma gorge.

– Voulez-vous dire que... que je ne suis pas celui qui doit régner avec vous ? m'écriai-je.

– Je ne sais pas, seigneur, répondit-elle simplement. Mais prenez-moi encore une fois dans vos bras et regardez-moi.

J'obéis et, comme je contemplais son visage, un cri d'horreur m'échappa. Je regardais une vieille femme. Les cheveux qui autrefois retombaient sur sa tête en grandes boucles multiples étaient clairsemés et blancs, ses yeux étaient ternis et son visage ridé et plissé.

Je sus alors quel sort terrible m'était échu...

J'ai dit plus haut comment Hita me fit remarquer, la première fois qu'elle me vit endormi, que ma vie devait être à moitié gaspillée à moins d'être incommensurablement plus longue que la sienne. J'ai décrit ensuite le vieux Nasmaxa lorsqu'il mourut de vieillesse, la sénilité du prêtre de l'Aigle. Et pourtant il ne m'était pas venu à l'esprit qu'à vivre sans vrai sommeil, les habitants d'Annoryii devaient avoir une longévité moindre que la nôtre.

Combien de temps étions-nous demeurés ici ? Là où il n'y a pas de soleil pour mesurer les jours, pas de saisons pour indiquer le passage des ans, la notion du temps s'efface vite. J'essayai de réfléchir. Un an ? Deux ans ? En tout cas, sûrement pas deux semaines, comme mes propres sens me le disaient...

Hita était devenue vieille et moi j'étais toujours un jeune homme ! Un cri m'échappa. Je me jetai à terre. Quand je me relevai, je vis Hita qui m'observait avec infiniment de compassion dans les yeux.

Que mon seigneur ordonne, dit-elle.

– Si la vieille prophétie doit être accomplie, alors qu'il en soit ainsi, répondis-je. Repartons voir Ptuth et ordonnons-lui de vous donner la vie éternelle. Et une fois encore je tenterai de régner sur Fendika afin de vous montrer que je suis celui dont la venue était prédite.

Elle eut un sourire très triste et songeur mais ne répondit rien. À nouveau elle se couvrit la tête de son voile et nous enfourchâmes le lézard ailé pour faire route vers la lumière.

Mais cette précaution était inutile, car l'Œil de Balamok était assoupi sous sa paupière de nuages. Il nous prit du temps pour repasser la frontière de la contrée des Fendeks et, après avoir fait faire du sur place dans les airs au monstre ailé, nous contemplâmes Ellaborta.

C'était une cité telle que je n'en avais jamais connue ! Les murailles internes avaient disparu. La capitale s'étendait bien au-delà des murailles extérieures et tout en son cœur un énorme édifice s'érigeait jusqu'au ciel, apparemment palais, salle du conseil et temple tout à la fois.

Comme nous descendions pour nous poser dans la grande enceinte, une foule considérable s'assembla autour de nous, poussant des cris d'émerveillement. À mon grand étonnement, ils étaient habillés différemment des Fendeks. Même leur langage, quoique reconnaissable, était différent.

Un chant s'éleva. D'entre leurs rangs s'avança un cortège de prêtres habillés, non en jaune, mais en rouge. À leur tête, immuable, son visage lisse aussi ridé qu'autrefois, se trouvait Ptuth...

Hita et moi fûmes conduits dans le grand temple posé au milieu d'un bosquet d'arbres en fleurs. Mais l'intérieur était différent, l'autel ne dépassait guère le sol et il n'y avait plus de serpent d'électrum ni aucun signe du culte du serpent.

Ptuth, me regardait étrangement et ne semblait avoir qu'un vague souvenir de moi.

– Qui êtes-vous, étrangers ? demanda-t-il dans ce curieux fendek que je pouvais à peine comprendre.

À ces mots, ma colère s'attisa, comme si l'on m'avait joué un mauvais tour.

– Vous me connaissez, ô Ptuth ! m'exclamai-je. Tout comme la princesse que voici, Hita, reine de Fendika !

Un sursaut de stupéfaction parcourut le temple et les gens se mirent à discuter entre eux à voix basse.

– Vous nous connaissez tous les deux ! m'exclamai-je. Je suis venu dans ce pays, ô Fendeks, poursuivis-je en me détournant de Ptuth pour m'adresser aux autres, afin de remettre la reine Hita ici présente sur son trône, contre la volonté de l'usurpatrice Thafti et de Thaxas, chef des Aviens. Et ce qui était en mon pouvoir, je l'ai fait. Mais à la fin, pour sauver la reine, j'ai quitté le pays avec elle, après avoir été gravement blessé. Vous le savez tous et, en particulier, de Ptuth le magicien !

Une minute durant, il y eut un silence embarrassé, avant que Ptuth me réponde.

– Je ne suis pas Ptuth, mais Lokas, prêtre du Dieu Inconnu. Tout ce que vous dites nous le savons, comme vous l'avez affirmé, mais sans doute vous-même et cette vieille femme êtes-vous égarés par l'âge pour être venu ici avec une telle histoire ? Car les événements dont vous parlez se produisirent il y a d'innombrables *psus*, à l'époque de la dernière apparition de l'Œil de Balamok, et même nos annales les considèrent comme de vagues légendes du passé. Le prêtre Ptuth est mort il y a bien longtemps, le culte du Serpent est banni à jamais comme vestige de la barbarie de nos ancêtres et les descendants de Sar, le légendaire chef des Aonoriens, règnent sur cette contrée depuis Zelryii, la capitale de l'Empire Aonorien.

Je jetai autour de moi un regard de stupeur affolée. C'était vrai, tout était si étrange... Et pourtant ce vieillard devant moi était soit Ptuth soit Ptuth réincarné !

Et je me demandai tout à coup si l'éternelle restauration de la jeunesse ne signifiait pas la renaissance dans un nouveau corps mais sans grand souvenir du passé.

– Quoi qu'il en soit, ô Gowani, continua Lokas, s'il y a la moindre possibilité que vous soyez celui que vous affirmez, nos anciennes prophéties prédisent en effet la venue d'un étranger, un vieillard, et d'une vieille femme dont l'apparition annoncera celle d'une reine nommée Hita, qui régnera sur ce pays. Et la sagesse de nos pères nous dit que cette vieille femme, en mourant, passera dans le corps d'un bébé sur le point de naître, qui sera elle. Mais en ce qui vous concerne, Gowani, nos prophéties sont muettes...

Je pris Hita dans mes bras.

– Dites-lui que je suis votre amant, m'écriai-je. Dites-lui que si vous mourez je mourrai pour renaître avec vous. Ne suis-je pas celui dont parlait la prophétie ?

– Je ne sais pas, seigneur Gowani, répondit-elle d'un air songeur et triste. Magnifique était notre amour tant que ce corps était à moi, mais si... si vous... êtes celui...

Elle trembla et, s'effondrant soudain, glissa sur le pavé du temple.

Et je ne tins plus dans mes bras que ce qui avait abrité l'esprit chéri, loyal et aimant de Hita...

Chapitre XXII
Symboles

On me fit faire un voyage de plusieurs jours dans le désert d'en haut, me disant que quand on aurait délibéré on m'appellerait. Et donc j'attends ici que vienne cet appel.

Ce qui me donne des raisons d'espérer est que je suis un homme dans la force de l'âge et qu'il ne se passera guère plus d'un an de chez nous avant que le bébé qui est Hita devienne une jeune femme. Assurément, si elle est reine, elle se souviendra de moi et ordonnera qu'on me rappelle.

On m'a donné des vivres et à intervalles de quelques jours des indigènes se montrent avec des provisions ramenées d'Ethnabasca la souterraine. Je sais ainsi qu'on ne m'a pas oublié.

Assurément, dans quelques semaines ou moins, on me rappellera. Entre-temps, j'attends. Quelquefois tout me semblerait être un songe, sans le souvenir que j'ai de cet amour sans égal qui, j'ose le rêver, est destiné à me revenir. J'ai utilisé mon temps à rédiger cette relation, pour mon soulagement plutôt que dans l'espoir de...

Ici le fragment de manuscrit s'achevait abruptement, comme si l'auteur avait soudain été surpris, car il y avait, se terminant par une tache et une rature, le griffonnage de l'instrument à l'aide duquel le manuscrit avait été écrit.

L'Anglais se leva, s'étira et sortit. Dans les rayons

obliques du soleil, maintenant parvenu presque sur l'horizon, il vit quelque chose parmi les cristaux de sel, auprès du lac. S'en approchant, il découvrit que c'était le squelette d'un homme.

Le bras droit était détaché du corps, mais impossible de dire s'il avait-il été tranché avant ou après la mort, car les os avaient eux-mêmes été attaqués par les cristaux de sel. Et il n'était pas non plus possible, pour la même raison, de déterminer si c'était le squelette de Sewell ou celui du Noir, Peter.

Si le voyageur avait trouvé un autre squelette, il aurait pu croire que le récit de Gowan n'était que le produit du délire provoqué par les souffrances dans le Grand Désert Victoria. Mais, bien que l'histoire semblât incroyable, la toison enveloppant l'outre ressemblait à celle d'un lama. Sans compter que Gowan n'avait pas amené de chameau de Kalgoorlie...

Les prêtres étaient-ils enfin venus chercher Gowan pour le rappeler dans le monde souterrain afin qu'il y retrouvât la reine Hita, resurgie, belle et radieuse, d'entre les morts ?

L'Anglais avait lui aussi entendu des légendes de reine blanche dans le Grand Désert Victoria. Si son histoire était vraie, Gowan ne s'était pas rendu compte qu'il avait vieilli avec Hita dans ce paradis terrestre dont la description avait été arrachée au parchemin.

Tout au moins l'histoire semblait-elle un symbole de la vie — la recherche du plus profond désir, toujours inaccessible, l'appât qui s'adresse à ceux qui regardent de l'autre côté des déserts de l'existence.

Gowan, le vieux Joe, le prospecteur — qu'étaient-ils sinon les symboles de ceux qui cherchent, atteignent et toujours perdent le paradis de l'âme, sans pour autant cesser d'entretenir un d'espoir inextinguible ?

Le voyageur promena autour de lui un regard empli d'un vague désir. Il fut presque tenté de rechercher l'entrée cachée de la cité souterraine. Mais, haussant les épaules à l'idée de cette folie, il remplit son outre, la balança par-dessus son épaule et se mit en route pour son long voyage vers l'est.

FIN

L'Œil de Balamok
Rémi-Maure

Le début de la carrière de Victor Rousseau coïncida plus ou moins avec celle d'un autre auteur qui travaillait pour les mêmes magazines, Edgar Rice Burroughs, le créateur de Tarzan. À cette époque, celui-ci avait publié avec succès les deux premiers volets de son cycle du monde intérieur, *At the Earth's Core* (trad. *Au Cœur de la Terre*, 1914) et *Pellucidar* (trad. *Pellucidar*, 1915), où il imaginait, après tant d'autres, que la Terre est un monde creux dont la surface concave est habitée par des créatures préhistoriques et éclairée par un minuscule soleil central. Victor Rousseau reprit le concept dans ce qui est un roman d'aventures et d'amour où la flamboyance le dispute au tragique, *The Eye of Balamok* (trad. *L'Œil de Balamok*), publié en trois livraisons à partir du numéro du 17 janvier 1920 d'*All-Story Weekly*.

C'est l'histoire d'un jeune prospecteur, Ronald Gowan, qui, capturé par des Aborigènes australiens, est entraîné à l'intérieur de la Terre, qui possède un luminaire dont une face seule est brillante et qui tourne à la même vitesse que la Terre : l'Œil de Balamok. Seule une partie d'Annoryii est donc éclairée, mais ses habitants ne peuvent supporter sa lumière et une couche nuageuse permanente les en protège. C'est d'ailleurs ce qui explique qu'ils n'aient pas envahi la surface extérieure. Leur niveau technologique est à peu près celui de l'antiquité classique, mais ils possèdent certaines machines complexes et maîtrisent l'énergie solaire. À son arrivée, Gowan est pris pour l'homme annoncé par une ancienne prophétie : il est destiné à épouser la princesse Hita et à régner avec elle. Mais il doit d'abord lui rendre son trône et pour ce faire chasser l'usurpatrice qui l'occupe. Il devra donc affronter la reine et ses alliés : l'armée du prince Thaxas, montée sur des chevaux préhistoriques gros comme des éléphants, et surtout les mystérieux prêtres du Serpent qui, jadis venus de la face obscure d'Annoryii, ont imposé leur culte et offrent des sacrifices humains aux dinosaures dont ils savent se faire obéir. Le personnage le plus énigmatique du roman est Ptuth, le grand-prêtre du Serpent, qui est dit se réincarner depuis l'origine des temps et possède, entre autres secrets, le pouvoir de dévoiler l'Œil de Balamok. Il l'utilisera et ce sera la fin de l'entreprise.

Hita et Gowan échoueront donc dans leur projet, après maintes péripéties et batailles au cours desquelles leur amour grandira. Ils s'enfuiront enfin de leur capitale en feu sur un ptérodactyle vers la face obscure d'Annoryii et connaîtront le bonheur dans un lieu paradisiaque qui semble être à l'origine de la légende du jardin d'Éden et où le temps s'écoule à une vitesse différente. C'est là que le roman bascule définitivement dans le merveilleux et le mystique, même si, les dernières pages du manuscrit du narrateur étant déchirées, l'interprétation de l'énigme est au choix du lecteur. Au bout de leur séjour, Gowan prend conscience que Hita est devenue vieille alors que quelques mois seulement ont passé. Ils décident alors de retourner à leur capitale pour demander à Ptuth de rendre la jeunesse à Hita, selon les promesses de l'ancienne prophétie. Ils découvrent une ville complètement reconstruite d'où le culte du Serpent a été banni au profit de celui du Dieu Inconnu (contrepartie annoryiienne au christianisme). Le grand-prêtre de ce dieu, qui apparaît comme la réincarnation de Ptuth, leur apprend que des générations ont passé depuis leur départ. Hita meurt et est censée se réincarner immédiatement dans le corps d'un enfant sur le point de naître. Gowan comprend alors qu'il n'est peut-être pas celui annoncé par la prophétie et que, dans ce cas, c'est avec un autre habitant de son monde que Hita accomplira sa destinée. Il comprend aussi qu'en Annoryii les hommes vieillissent plus vite qu'à la surface terrestre et décide d'y remonter dans l'espoir que Hita, devenue adulte se souvienne de lui et le fasse rappeler. Mais il n'a pas réalisé que lui aussi a vieilli plus vite, et il meurt solitaire dans le désert australien.

Cette belle légende romantique et haute en couleur est proche de ce qu'écrivaient à la même époque Abraham Merritt et Francis Stevens, pseudonyme de Gertrude Bennett, une autre oubliée, et la comparaison n'est pas défavorable à Victor Rousseau. Bien que sans doute inspiré par la popularité croissante du père de Tarzan, Victor Rousseau ne lui a guère emprunté que le cadre géographique et l'idée de la temporalité intra-terrestre, même si ce sont les aspects les plus évidents. D'E. R. Burroughs, l'ouvrage se rapproche encore par la sentimentalité victorienne, l'écriture un peu hâtive et par la progression rapide et efficace du récit, sans que ce soient là nécessairement des emprunts. Mais *L'Œil de Balamok* démontre une puissance d'évocation poétique qu'E. R. Burroughs n'a jamais atteinte et qui le place bien au-dessus de la production habituelle des magazines populaires américains de l'époque, tout en en ayant les défauts typiques.

Cela rend d'autant plus injuste l'oubli dans lequel est tombé ce roman et qui s'explique peut-être deux façons : d'une part par l'anglais un peu pompeux et ponctué d'archaïsmes que l'auteur a cru devoir utiliser, d'autre part par le flou volontaire — et imparfaitement maîtrisé ? — dont il enveloppe la fin de son récit et qui a pu désorienter le lecteur populaire...

Bibliographie française de Victor Rousseau

- « Chapelle ardente » (« Chapelle Ardente », in *Red Book Magazine*, jan. 1915, USA), in *La Canadienne* de juil. 1920, Québec.

- « Le roman de Fanchette » («The Wooing of Fanchette», in *Blue Book Magazine*, fev. 1915, USA), in *La Canadienne* d'août 1920, Québec.

- « Comment s'accomplit un miracle » (« The Curé's Love Story », originale peut-être in *Everywoman's Magazine*, 1917, Canada), in *La Canadienne* de jan. 1921, Québec.

- « La main du cadavre » (« The crooked finger », originale peut-être in *Fiction Magazine*, 12 août 1917, USA), in *Mon magazine policier* #1, fév. 1941, Québec.

- « Quand veillent les dieux morts » («When Dead Gods Wake», *Strange Tales of Mystery and Terror*, USA), in *13 histoires de sorcellerie*, Verviers : Marabout, Belgique, 1975.

- *L'Œil de Balamok*, (*The Eye of Balamok*, *All-Story Weekly*, Jan 17, jan 24, jan 31 1920, USA), La Valette : Éd. Antarès, coll. « L'Or du Temps », 1991, réédité en eBook, Ménétrol : L'ivre-Book, coll. « e-Pulp Fictions », 2018 et en version sur papier, Paris : L'œil du Sphinx/ RDN Books.

- « La femme de Jackson » (« Jackson's Wife », *The Smart Set*, mai 1909, USA), in *Wendigo* n° 1, 2011.

- «Le cas de la fille du geôlier» («The Case of the

Jailer's Daughter», sous le nom de H. M. Egbert, in *The Globe and Commercial Advertiser*, 5 février 1910, USA), première de la série Dr Ivan Brodsky, in *Wendigo* n°2, 2013.

– « La femme au nez crochu » («The Woman with the Crooked Nose», sous le nom de H. M. Egbert. in *The Globe and Commercial Advertiser*, 12 février 1910, USA), deuxième de la série Dr Ivan Brodsky, in anthologie *Détectives rétro* réunie par André-François Ruaud et Xavier Mauméjean, Lyon : Les Moutons Électriques, 2014.

– « L'héritage de la Haine » (« The Legacy of Hate », sous le nom de H. M. Egbert, in *The Globe and Commercial Advertiser*, 5 mars 1910, USA), troisième de la série Dr Ivan Brodsky, in *Wendigo* n°3, 2016.

– « Le Dixième Commandement » (« The Tenth Commandment », sous le nom de H. M. Egbert, in *The Globe and Commercial Advertiser*, 26 fév. 1910), quatrième de la série Dr Ivan Brodsky, in *Wendigo* n°4, 2017.

RDN

Dépôt légal

www.ingramcontent.com/pod-product-compliance
Lightning Source LLC
Chambersburg PA
CBHW050345160726
48002CB00001B/462